森田季節 Morita Kisetsu
illust. 紅緒
持續狩獵史萊姆三百年，
不知不覺就練到LV MAX
Average 25×
365 days×
300 years×
(EXP2+2)=Lv.99

Contents

序章
005

練到等級ＭＡＸ
018

龍找上門來
045

與徒弟的生活
064

女兒找上門來
101

精靈來了
138

別西卜來了
174

參加龍族結婚典禮
207

龍族大鬥爭
229

家族全體溫泉慢活
253

附錄　女兒回鄉
267

Story by Morita Kisetsu　Illustration by Benio

She continued destroy slime for 300 years

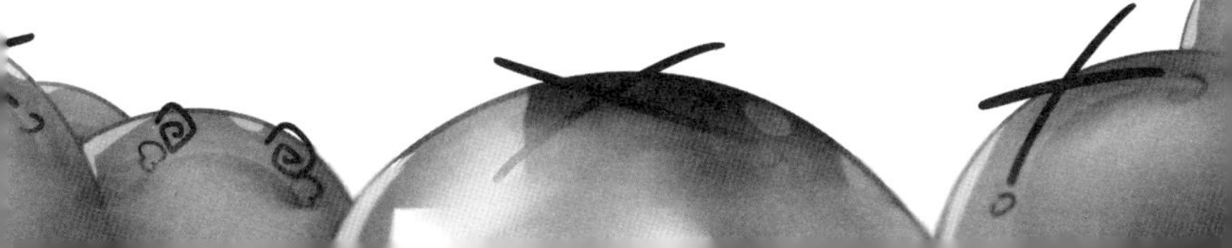

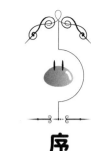

序章

She continued destroy slime for 300 years

相澤梓，二十七歲，女性，單身。

社畜一頭。

人生中只有工作，只為了工作而活。

戀愛，玩樂，其他一切事物都擱在一旁，埋首於工作。

甚至創下最多連續上班五十天的紀錄。勞動基準法是什麼，能吃嗎？

結果有一天，我在工作中突然失去意識。

接下來睜開眼睛時，出現年輕女性的容貌。

而且仔細一看，這位女性還長著宛如天使般的翅膀。

「啊，原來我死了呢……」

人生真的完全為了工作而畫上句點。

不知道這位女性是天使還是死神，但多半是這一類的吧。

「沒錯。妳因為工作過度，二十幾歲就因過勞而死亡。真是可憐……」

這位女性為了我而感到悲傷。
她的內心肯定相當溫柔。
「說取而代之可能不太恰當，但我可以讓您可以在下輩子過著無憂無慮的幸福人生。請問您需要什麼樣的力量呢？要轉世成為王國公主也可以喔。啊，當然也不用在意性別，幾乎都可以自由選擇。」
「真的可以許任何願望嗎？」
「沒錯！因為我特別優待女性。」
話說這不是男女不平等嗎？也好，比起限制多的那邊當然是少一點好吧。
「那麼，請讓我能夠長生不老。」
這就是我的願望。
整天被工作追著跑，結果人生一下子就畫上句點，因此才希望來世能活久一點。
「那就讓您轉生後瑪那在體內不斷循環，維持身體不會衰老吧。」
似乎很輕鬆就能達成這個要求。真是太棒了。
「還有什麼其他願望嗎？」
「不，這樣就夠了。」
「真的嗎？」
「是的。我的目的就是過著漫長而永無止境的慢活。基本上自給自足，想住在山上之類。還有，唯有不容易弄到的鹽等物品，能在附近村子幫點忙，請村民分給我就滿足了。」

以前一直生活在大都市東京，因此想在山上之家過著悠哉的生活。名義上生活在大都市，但其實僅往返於住處與職場，連飽嘗過大都市生活都算不上。

「可以體會到您在上輩子吃過了多少苦呢……我知道了。就讓您長生不老，並且轉生到悠哉的高原吧。維持老太太的模樣長生不老應該也沒有意義，就以十七歲的容貌長生不老吧。」

然後，我的意識再度模糊。

◇

醒來之後，我真的躺在高原上。

不遠處就孤零零座落著一間民宅。

走近一瞧，民宅上貼了一張這樣的紙。

附帶一提，紙上明明不是日文，但我卻看得懂。

我們在這間房子住了很長一段時間，
但現在已經和移居鎮上的
兒子與兒媳一起生活。
如果有人想要，這間房子就送給他吧。
另外門沒有上鎖。

「真是大方的好人呢，我的運氣真好。不，不對。是那位像天使的女孩讓我轉生到這種地方吧。」

既然經過轉生，不知道自己變成什麼長相，進入房子內尋找鏡子一瞧。

「確實是十七歲，長相也不差。因為是外國人長相，稍微有點不太習慣就是了。」

眩目的金髮長度及腰，瞳眸也呈現綠松石般鮮豔的水藍色。雖然不知道這個世界的標準，但總之長得很可愛。如果當個高中女生，肯定十分受歡迎。

身上的服裝也不再是死者穿的白衣，十分具有幻想風格。還有從遠處也能一眼認出的尖黑帽，實在很像魔女。

「好，這裡從今天開始就是我家，梓的家！」

既然都來到了異世界，比起漢字的「梓(AZUSA)」，寫成片假名比較符合形象。

這樣比較有心思一轉的感覺。好，就以同音的亞梓莎(AZUSA)自稱吧。

房子旁邊有塊田，應該可以種些蔬菜。

要自給自足也相當方便。

轉生後的衣服內放了大約十五枚金幣，理應可以購買最低底限的用品。

還有腰上掛著一把短劍。畢竟女性獨居，有把武器是最好的。

山丘下方有座小鎮，不，看起來像是村子。

「就慢慢晃到村裡買點東西吧。」

反正也想打聽這片土地的資訊。

前往村子的路上，見到軟綿綿的果凍狀物體擋住了道路。

「噢，是史萊姆嗎？」

可能是外觀的關係，絲毫沒有緊張感。頂多像貓出現在自己面前一樣。

話雖如此，這應該也算是魔物，可以感受到即將對我發動攻擊。

如果是貓，見到人類基本上都會嚇得保持距離，這一點與貓相反。

所以我拔出短劍。既然是史萊姆，就必須狩獵才行。
我發動攻擊。
短劍刺中果凍狀的軀體。
咕溜！奇怪的觸感透過手傳到身上。
產生效果了嗎……？劍刃都刺進軀體了，應該有造成傷害吧。
再度，攻擊。
咕溜！
感覺比剛才更有效。
（似乎）生氣的史萊姆撲向我。
勁道讓我退了一步，卻不怎麼疼痛。
知道安全無虞後，我毫不留情展開攻擊。
「看招，看招，看招！」
似乎某一擊造成了致命傷，眼看史萊姆外型改變，變成小小的寶石。
在遊戲中，狩獵魔物會獲得金錢，這應該是類似的機制吧。
雖說是自給自足，但還是需要購買生活必需品的金錢，因此我毫不客氣收下。
在抵達村子之前，又碰上史萊姆兩次，並且狩獵。
這裡的史萊姆還真多啊。

村子規模並不大，卻整齊又清爽，很像瑞士。

話說我明明曾經想去瑞士觀光一趟，結果過勞死而無法實現。雖然就算有機會放假，多半也不會出門旅行，只會在家裡不停地睡覺。

碰見一位看起來很親切的老婆婆，我主動開口。

「不好意思，我剛搬到高原的獨棟民宅，能不能向您請教這個村子的情況呢？」

「這裡是弗拉塔村。要問村子的情況，公會櫃檯的娜塔莉小妹比較清楚吧。她會向來自其他土地的冒險家說明這個村子的情況，因此十分擅長解說喔。」

原來如此。確實是相當常見的設定。

「非常感謝您。」

「妳是第一次來到此地吧，奶奶帶妳到公會去。其實我們村子很小，應該很快就找到了。」

「真的很感謝您！」

與非常親切的老婆婆前往公會。發現的確是很小的建築物。看起來很和平，這樣根本不需要什麼冒險家吧。

「啊，伊瑪爾婆婆，您好。」

「娜塔莉小妹，這女孩是新搬來的。告訴她關於村子的情況吧。」

「噢，好啊。那麼就在櫃檯為您解說吧。」

然後與伊瑪爾婆婆道別。既然她住在附近，應該沒多久又會碰面吧。

「我叫亞梓莎，剛搬到高原的獨棟民宅居住。」

「噢，那裡啊。雖然是不錯的地方，不過對老年人不太方便。有年輕人住在那裡真是剛剛好呢。」

然後娜塔莉小姐開始解說村子的情況。

可能已經解說過相同內容許多次，絲毫沒有結巴。

村子本身十分和平，和平，就是和平。

走在街道上也能感受到洋溢田園詩篇的氣氛。

倒是飼養了不少牛和羊，乳製品可以算是村子的特產。

擁有這片土地的伯爵也居住在遠方，由伯爵任命，出身當地的村長十分順利地治理村子。

「這一代只棲息史萊姆之類的魔物。因此即使在村外打盹都十分安全。」

「那真的太好了。」

「村子雖小，但買得到麵包和鹽之類最低限度的生活必需品。不過人口並不多，要做生意可能十分困難。」

聽到娜塔莉小姐的話，我想起一件事。

「對了，路上我打倒史萊姆之後拿到了寶石，這是什麼呢？」

「噢，狩獵魔物後會出現名叫魔法石的寶石。可以在公會換錢喔。這些價值六百戈爾德，等於六枚銅幣。」

大概等於日幣六百圓吧。頂多只夠去一次咖啡廳，但反正不需要房租，因此只要狩獵足以維生的史萊姆，日子就過得下去。

「那麼我想趕快換錢。」

「要換錢的話，必須請您先在公會進行冒險家登記。可以嗎？」

「好，沒問題。」

這時候，娜塔莉小姐取出一塊像是石板的東西。

「請先將手放在這塊石板上，上頭會顯示職業與狀態，資訊會記錄在公會。」

心想好像指紋認證一樣，我將手置於上頭。

石板上方隨即出現狀態。

「咦！長生不老！真是驚人呢！」

娜塔莉小姐十分驚訝。也難怪她會有這種反應。職業好像叫做魔女。

「魔女這種職業，記得有人能藉由調整在體內流動的魔力——瑪那而長命百歲，可是怎麼會等級一就長生不老呢。該不會適性異於常人吧。」

「為什麼呢……大概是運氣比較好。」

還是別透露轉生時天使提供的優惠吧。

「那麼就支付您剛才魔法石的金額喔。」

然後我獲得六枚銅幣。

「今後我會繼續狩獵史萊姆，賺取金錢。」

「好的，公會也請您多指教，亞梓莎小姐！」

之後我以轉生時獲得的金幣，購買食物與能在田裡栽培的種子之類。

如此一來，大致上完成足以在此地生活一段時間的預先準備。

回家途中依然碰到三次史萊姆，我以短劍狩獵。

獲得珍貴收入來源的魔法石。

◇

我的慢活生活就從這一天開始。

總之就是過著懶懶散散，悠哉悠哉的生活。

首先，想睡就睡。

再來稍微整裡田地。

想活動身體的時候就狩獵史萊姆。

由於是珍貴的現金收入，因此規定每天最少要狩獵二十隻。

還進入過附近的森林。

可能身為魔女的關係，一眼就看出哪種草是草藥。

不時還會製作草藥，到村子販售。

反正也沒打算賺錢，因此我賣得比行情便宜。

此外，如果村子有急診病患，我還會調配以草藥製作的藥物。

總不能眼睜睜看著村民病倒而見死不救。

治療村民也讓我受到村民的愛戴，尊稱我為「高原魔女大人」。

甚至還有人帶起司等乳製品前來拜訪。真是感激。

原本想利用閒暇時間閱讀魔法書之類，但實在好貴！但憑藉不斷狩獵史萊姆累積的金錢買了好幾本！每當有什麼東西想買，狩獵史萊姆也特別來勁。

除此之外……其實沒什麼特別之處。

原則上不會有人特地跑來高原之家，也沒什麼麻煩事。反正以前在日本當ＯＬ的時候也是一個人住。

在我的第二人生中，肯定是頭一次明白「悠然自得」這四個字是什麼意思。

然後，就這樣過了三百年。

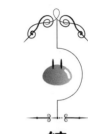

練到等級MAX

She continued destroy slime for 300 years

沒錯，我持續狩獵史萊姆的生活長達了三百年。

在狩獵史萊姆這方面我有自信。

可以完美看穿從哪裡以短劍刺下去，就能一擊消滅。

當然，即使不用短劍，光靠手腳也足以擊敗。連彈指都打得贏，等級可能提升了一些吧。

話說這一天，我依然敲了敲慣例的公會大門。

因為必須將魔法石換成錢。

我將魔法石帶到自從娜塔莉小姐算起，不知道是第幾代的女性職員面前。這位女性是最近新來的，還沒問明白她的名字。

「妳好。」

「啊，高原魔女大人！」

高原魔女已經成為我廣為人知的名號。

由於活了三百年，甚至連最了解村子歷史的人也是我。

「這是今天的魔法石，二十六隻史萊姆的份。」

「好的，確實收到了。五千兩百戈爾德喔。」

我將錢裝進袋子內。

「啊，對了。高原魔女大人，有件事情我有些在意。」

「嗯，什麼事？」

「高原魔女大人目前的實力如何呢？」

「實力？戰鬥方面的嗎？未知數，應該說沒什麼大不了的吧。」

雖然為了換錢而登記為冒險家，卻從未出門冒險過。畢竟冒險需要賭命，我比較適合過和平的慢活。

職員小姐遞出以前那塊石板。

「這個，方便讓我看一下狀態嗎？」

「狀態嗎？話說三百年來，完全沒有測量過呢。」

畢竟根本沒必要。這附近的魔物全都是史萊姆，也沒有實際感到提升等級的時機。

不過說真的，只狩獵過史萊姆其實並非事實。

進入森林的話，有頭上長角的兔子，還有大隻的毛蟲怪。但依然是弱小魔物，以短劍就能輕易勝利。

那支短劍可能是特製的，即使使用了三百年，劍刃依然不鈍不捲。

仔細一想，相當衝擊呢。說不定這是非常昂貴的短劍，雖然我才不會賣掉陪伴我三百年的夥伴。

「高原魔女大人不是一直保護這座弗拉塔村嗎！狀態肯定強得不得了喔，我想知道這一點！」

年輕女性職員的眼神內充滿期待。

這麼說有些自吹自擂，但我受到弗拉塔村所有村民的敬意。

畢竟村子遭逢困難時，我曾經出手相救。

這三百年內流行過好幾次瘟疫，但每次我都準備許多草藥，或是增強體力的藥物，設法避免任何村民喪命。

而且從村民誕生時，我就在高原一直保護村子，村民可能認為我是什麼守護神。

其實我只想享受慢活，村民的尊敬有些誇大了，讓我渾身不自在。

「要測定狀態倒無妨，但我只是略為熟悉草藥學的長壽魔女。可別把我當成什麼傳說中的冒險家喔。」

「您還是這麼謙虛。即使您說不足為奇，也是以魔女大人的基準吧？」

「總之就看看吧，反正很普通。」

我將手置於石板上。

若是日本的話，三百年足以讓環境產生巨變，可是這個世界真的沒什麼變化，這塊石板到現在依然還能用。嗯，能顯示人的狀態值，每次看到這個都有種高科技的感覺。

「……哎呀？」

好像出現了奇怪的數字……

「哎呀，這石板是不是故障了？好像出現了等級九十九的數字耶。」

「嗚哇啊啊啊啊啊啊啊啊啊啊啊啊啊啊────！魔女大人真的太強啦啊啊啊啊啊────！」

大驚失色的女性職員差點摔倒。

「太誇張了！這樣肯定是世界最強呢！」

「就說石板故障了吧。我只狩獵過史萊姆而已喔？獲得經驗值高達一〇八四萬也太離譜了吧？」

「這個……魔女大人一年三百六十五天，三百年內，毫不間斷狩獵史萊姆吧？當然我不知道以前的事情，是以村裡爺爺奶奶的說法為準。」

附帶一提，這個世界有完整的太陽與月亮，並且採用陽曆。

「對，平均一天狩獵二十五隻吧。記得像是想買魔法書，或是修繕家中的時候，會努力多狩獵幾隻以賺取金錢。」

歷經三百年之久，高原之家也改裝到實質上等於重建的程度。

「此外，您曾在哪裡得到增加獲得經驗值的特殊能力呢。由於魔女大人並未出過遠門，可能在某個提升等級的時間點獲得了這項能力吧。」

「大概是吧。」

即使僅持續狩獵史萊姆，好像也會提升一些等級。

「這項特殊能力能讓每一隻狩獵的魔物多獲得兩點經驗值。」

「什麼啊，才二而已。」

「不過史萊姆的基礎經驗值可是二喔，等於加倍呢。因此計算過後，

365
（日）
×
300
（年）
×
4
（史萊姆經驗值＋特殊能力加成）
×
25
（每天狩獵的史萊姆數量）

會得出這樣的公式。」

「嗯，到這裡還明白。不過增加獲得經驗值的效果應該不是一開始就得到，因此現實中獲得的數字會更少一些。」

平均一天狩獵二十五隻史萊姆是憑感覺，實際上狩獵更多的話，數字可能會有變化。況且我也不是除了史萊姆以外沒消滅過其他魔物。

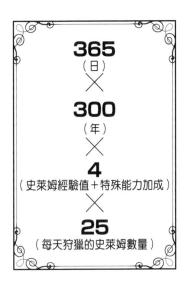

「總之先試著計算看看……1095000……這個，是幾位數呢………一〇九五萬！」
十分接近我獲得的一〇八四萬經驗值！
「附帶一提，一〇九五萬這個數字，可是狩獵四千三百八十隻號稱有二五〇〇經驗值的大型龍族喔。」
「超級龍族殺手呢！」
「等於一年狩獵十四點六隻龍呢……」
現在我才發現，以龍為基準的話是相當驚人的數字。
「看來這個數字並非石板故障……高原魔女大人果然是偉大的大魔女呢！」
連我都對這個數字難以置信，一臉茫然。
感覺上好像覺得自己有在成長。
畢竟維持十七歲的身體，只有經驗不斷累積。
話雖如此，這數值也太誇張了……
即使俗話說堅持下去就是力量，這力量也太強了……
不，更重要的是。
我可不希望太多人知道這件事。
有可能會被迫從事等級遠遠超越幫助村民的各種工作。

比方說哪裡發生龍族災害，要求我幫忙討伐之類。

是說僅一次還好。只要狩獵一隻龍的話也就算了。

但只要狩獵過一次，絕對還得狩獵其他的龍。消滅別處的龍卻不消滅此處的龍，還會遭人批評厚此薄彼。

要是變成這樣，可就無法過什麼慢活了。

得過著冒險的日子。

沒日沒夜工作的日子。

最後演變成過勞死。

我絕對不再重蹈覆轍……

得想辦法阻止傳聞擴散。

「不好意思，職員小姐，請問妳叫什麼名字？」

「我叫娜塔莉。」

咦，難道是那位娜塔莉小姐!?連她也長生不老──應該不是吧。

畢竟這名字不算特殊，偶然名字相同吧。僅止於此。

不論日本戰國時代，或是平成年代，都有人叫做「正幸」。

「娜塔莉小姐，這件事情請不要對外張揚。更何況狀態算是個人隱私，妳應該也不希望自己的胸圍大小昭告天下吧？」

「我對胸圍大小很有自信。」

相當自豪啊。

糟糕，居然遇上毫不在意胸圍話題的人……比我大是肯定的。即使提升等級，胸圍大小似乎也沒有改變，三百年之內我一直維持相同身材。

胸圍的事情先擱在一邊吧……

「總之，別向任何人透露我的狀態。可以吧？」

「我知道了，我會小心不向任何人透露魔女大人最強的！這個村子的居民雖然會讚揚魔女大人，但絕對不會有人背叛魔女大人的！」

想不到高原魔女的威名在這裡發揮效果。

很好，只要持續保守祕密就行。

這三百年內，只有這位娜塔莉小姐對我的狀態感興趣。

換句話說，再過個幾百年平穩的日子也不是夢想！應該說讓我繼續過吧！

鬆了口氣後，我回到自己的高原之家。

為了見證自己的狀態是真是假，我嘗試對森林裡的某座瀑布使用冰雪魔法。

直到現在我還難以置信。畢竟幾乎沒有變強的實際感覺。

「讓一切結冰吧！喝！」

瀑布隨即冷凍得硬邦邦。

「看來似乎是真的……」

◇

之後過了幾天，我一邊看著以前買的魔法書，同時在家裡無所事事。

附帶一提，我都一口氣煮好菜後再加以冷凍。

使用的是不知不覺中學會的冰雪魔法。解凍則利用火炎魔法，連廚房使用的火源也利用相同原理。透過魔法的幫助，生活水準一口氣提升到地球上的近代人等級。

結果是我得以一整天無所事事，悠哉游哉。

提升等級真是太棒啦！

現在我才敢誇口，這正是人生的樂趣，人生的奢侈。

以前當社畜ＯＬ的時代，根本不存在準時下班。連放假前一天都會接到一堆工作沒得放，更何況由於工作太多，只能假日加班彌補落後的進度。

我再也不要過那種日子了。反正我就是要悠哉度日。

不過即使大量冷凍相同的料理，還是會逐漸吃膩。

「難得到村裡的餐館外食吧。」

於是我出門前往弗拉塔村。

其實我可以用更輕鬆的方式前往，像是魔法中的空中飄浮或瞬間移動之類。但如果被人看見，有可能被識破等級很高，因此我選擇徒步，況且還能減肥。

途中還是有史萊姆出沒。

一邊心想都三百年了，史萊姆怎麼依然毫無進化，同時以手指一彈。

這樣就足以消滅史萊姆。

話說回來，記得從某個時期開始就覺得短劍很麻煩，開始以手攻擊的狩獵式為主吧。

難道也是因為攻擊力不知不覺提高的關係嗎？

但我不禁心想，原來魔女的物理攻擊力也相當高啊。

即使等級這麼高，依然沒錯過狩獵史萊姆產生的魔法石。畢竟沒有其他的收入來源，雖然我不缺錢，不過能賺的還是先賺起來。

狩獵幾隻史萊姆之際，抵達了村子。由於都是下坡，十分輕鬆。

然後我進入一間名叫「凜冽大鷲」的餐館。

這間餐館的煎蛋包很美味。店裡就養了不少雞，雞蛋十分新鮮。

「好久不見了，我是亞梓莎。」

「哦，這不是高原魔女大人嗎！」

我向負責掌廚的老闆打招呼。

一坐在老位子，老闆娘隨即在我點餐前端上酒來。即使身體是十七歲，但我會喝酒。畢竟在這個世界活了三百年。

「來，這是酒精略強的酒，魔女大人。」

「感謝您。今天也點煎蛋包吧，另外我還要燉牛肉。」

「好的，魔女大人。」

有經常光顧的店家真是好事。

以前當ＯＬ的時代，根本沒餘力開拓新的店家。中午時分每間店都擠滿了吃午餐的人，根本無法細細品味。女子力０的三餐基本上就是超商便當或泡麵。

沒過多久，煎蛋包就端到面前來。

光從外表看起來就是逸品，甚至讓人想上傳到instagram。

從第一口就嘗到微微的甜味，果然很美味。

「這裡的煎蛋包是世界第一美味呢！」

「魔女大人活了這麼久，也愈來愈會恭維了呢。更何況魔女大人，有去過其他城鎮品嘗過煎蛋包嗎？」

「沒關係，在我心中是世界第一就好！」

「魔女大人確實是登門顧客中吃得最津津有味的呢。」

與這位老闆娘的寒暄長達十五年以上，也愈來愈熟悉了。

「啊，對了，魔女大人，有件事情想請教您。」

老闆娘主動開口。

「嗯，什麼事呢？」

「魔女大人的等級高達九十九，是真的嗎？」

聽得我驚訝不已。

「啊？究竟從哪裡聽到這種無憑無據的流言？」

這時候只能裝傻。露出驚訝的神色會打草驚蛇。

「我不太清楚流言的出處，但聽到的是這樣。是附近的孩子們說的。」

那麼孩子們是從哪裡聽來的呢。

應該說已經太遲了。畢竟村子不大，況且我又算是村裡最有名的人，流言傳開的可能性很高。

之後再好好念一頓娜塔莉小姐。雖然事情已經發生，但她沒遵守約定還是要她反省。

反正只要我沒施展魔法，就無法證明我等級很高，也不是不能蒙混過關。反正我的外表看起來也不像等級九十九。

「老闆娘，我頂多只有狩獵史萊姆的經驗而已喔，這種魔女怎麼可能厲害呢。我可是毫無積極念頭的平凡慢活魔女耶。」

魔女與魔法師是不同的職業。不斷使用魔法的是魔法師，而魔女則具備深厚的草藥與礦物相關知識。我會調配藥物也是這個緣故。

「是嗎？記得聽到的說法是魔女的狀態高得嚇人，任何魔物或冒險家都不是您的對手喔。」

怎麼比想像中還要具體……

總之去找娜塔莉小姐，確認情況吧……

用餐完畢後，我前往公會。

她一如往常在櫃檯。

「娜塔莉小姐，流言傳開了啦！妳對別人說溜嘴我等級九十九了吧！之前不是再三囑咐別說，絕對不要說出去嗎！」

「咦……？我沒有說啊……我怎麼可能做出背叛高原魔女大人的事情……」

娜塔莉小姐一臉困惑。

這不是說謊的表情。這麼一來，究竟是怎麼傳開的呢……？

不過娜塔莉小姐露出想起什麼線索的表情。

「啊，對了……可能是這樣……」

「想起什麼了嗎？」

「記得之前得知魔女大人的狀態時，公會中還有其他冒險家……」

「啊……」

公會某種程度上算是公共空間。即使是小村子的公會，有一兩名冒險家也不足為奇。

「對了，沒錯！當時有口風特別不緊的艾倫斯特先生在場！絕對是他說溜嘴的！」

竟然被這種冒險家聽到了啊……

那麼流言傳開只是時間問題而已。

最糟的情況是，連隔壁村鎮也得知此事！

我忍不住抱著頭。當然不是因為頭痛。以前社畜時代頭疼劇烈，經常服藥壓抑，但我現在非常健康。

快想，趕快想。該怎麼樣才能降低損害？

好！乾脆實行以錯誤情報掩蓋的作戰吧。

我回頭一瞧，確認現在沒有其他冒險家。

「娜塔莉小姐，請散布我等級九十九其實是誤會的傳言。」

「意思是要我說謊嗎？」

「沒錯。對外宣稱我只是非常普通，具備些許草藥知識的魔女，拜託妳了。還有顯示狀態的石板，就當作是故障吧！」

娜塔莉小姐是公會職員，詳細了解狀態等資料並不奇怪。只要娜塔莉小姐說是誤會，應該會有不少人相信！

「要宣稱這麼強的魔女大人其實很弱，真是難受啊……魔女大人可是村子的榮耀呢……」

「就算別人知道我擁有力量，也不會有任何人獲得幸福。反而可能有人會嫉妒眼紅。至少對我的和平生活而言，力量是不必要的。那就麻煩妳了！」

如果我的立場受人輕視，向大家爭一口氣或許還說得過去。

但我已經受到村民十足的敬意。長年以藥方與醫療診治村民更是有口皆碑，個人狀態這種要素是多餘的。

「知道了……畢竟不能煩擾到高原魔女大人……」

娜塔莉小姐似乎終於接受。

這樣應該能多少阻止被害擴大吧。

總之，已經盡人事了。

「天啊……若是換算成冒險家等級，肯定是S級中的S級，王國建國以來的傳說級呢……太可惜了……」

「即使可惜也請忍耐。」

「明明是弗拉塔村的名氣傳遍王國的好機會……」

「還是請妳忍耐。俗話說人怕出名豬怕肥，寂靜的村也有可能惹出什麼麻煩。」

「這個，告知公會總部應該——」

「絕對不行！」

我以手比出叉叉的手勢，全力撲滅娜塔莉小姐的願望。

以前我和村子就維持良好的關係。我只要繼續下去就行，沒有任何問題。

今後我會極力不向村民展示自己的力量。

反正以前也沒展現過，總之只要繼續維持普通魔女的形象就好。

娜塔莉小姐似乎也對外宣稱是石板故障，再也沒有村民打聽等級九十九的傳聞。

如此，這件事情便告一段落。

我要繼續狩獵史萊姆，調配藥劑，繼續活下去。

但是，就在我這麼想的某一天。

有人來敲我家的門。

到底是誰啊……？

◇

幾乎沒有人會來敲我家的門。

首先，房子座落位置就很糟。

地點在距離村子得步行一段路的高原，交通不方便。更何況也不是通往任何設施的必經之路，不可能順道經過。

還有，魔女在村民眼中是特別的對象，沒有人會輕鬆地來找我玩。頂多只有村民帶些什麼東西上門分送，僅止於此。

基於以上原因，根本不會有人主動跑來我家。

當然，倒是有小孩突然生病，希望我分一點藥物之類的緊急原因，但有這種情況下的村民都是立刻趕來。

若真的是急診病患就不得了，因此我闔上剛才看的魔法書，走向玄關。

打開門一瞧，只見四名冒險家組成的隊伍。

至少肯定不是村民。

首先，站在正面的是一副年輕劍士氛圍的男性，大約二十來歲吧。

另外還有肌肉隆起的男性劍士，看起來很像魔法師的長袍女性，以及還不到二十歲的神職人員，總計四人。

「請問各位有什麼事呢？」

該不會來詢問這附近有沒有強大魔物吧？

這附近真的只有弱小魔物而已，很抱歉。

附帶一提，甚至沒有沉潛高價寶物的迷宮。應該說連迷宮都沒有。

真要說的話，就是森林裡生長了可以當成草藥的植物。

若是與冒險相關的事情，就隨便推辭吧。

「妳就是高原魔女亞梓莎小姐吧？」

看似帶頭的年輕劍士開口。

「嗯，沒錯。不過很可惜，這一帶土地不適合冒險。魔物既弱小，也沒有迷宮。」

「不，這不是我們來此的目的，放心吧。」

那是來做什麼？做生意？

「我們想和妳過招比劃。」

「…………咦？」

我吃驚地咦了一聲。這還是頭一次聽到這種提議。

「比劃？要比腕力之類的嗎？」

「不是的，我們想進行對戰。」

「我可是在這裡採摘草藥，深入簡出的魔女喔？和我對戰也不會留下英勇傳說吧？」

「我們聽說這裡有等級九十九的魔女。」

流言果然傳開了！

果然被當時在公會的冒險家聽到了。即使是地區密集型冒險家，都會巡迴這一代的村子與城鎮，也難怪會傳開……

「哈哈哈……那是誤會，只是石板故障，出現奇怪的數字而已。我的實力頂多等級十左右……不，即使等級十都算灌水吧……大約等級三左右……？」

「說謊是不應該的喔。」

看似魔法師的女性開口。她的年紀大約二十七八歲。

「由於我和妳立場相近，因此看得出來。瑪那的氣息幾乎湧出妳的身體，肯定是等級非常高的厲害角色。」

哇咧！連這樣都看得出來喔!?

怎麼聽起來好像替身使者會相互吸引的設定……

可是我絕對不和他們對戰，絕對不要。

一旦真的對戰，以後就一發不可收拾了。

「假設，假設喔？假設我是有實力的魔女，也完全沒有理由和你們對戰吧？」

這是再正確不過的理論，我決定以義正詞嚴的方式勸退他們。

畢竟我家又不是道場，沒義務讓他們踢館。

「我們想變強。因此拜託妳，務必與我們對戰！」

雖然他們的態度很禮貌，但我不喜歡這種態度。

真傷腦筋，如果不讓他們打退堂鼓，平穩的生活可就要瓦解了。

這麼一來，只好以謊言蒙混過去吧。

我輕咳一聲後，開口勸說他們。

「其實，我以前也曾經有一段時期，沉溺於自己的力量。」

※**根本沒有**。

「怎麼會呢……」

他們聆聽的態度比我想像中還認真，讓我產生微妙的罪惡感。

「可是這導致許多人受傷。其中也有人挨了我的攻擊魔法而喪命。」

※**其實我只狩獵過史萊姆而已**。

「所以我下定決心，今後再也不戰鬥了。」

※**這句話不是謊言，是真心**。

「偉大的冒險家也有辛酸的過去呢……」

「所以，我沒辦法與你們對戰，希望你們諒解。」

※拜託你們，理解苦衷吧。

這樣他們應該會放棄吧。

「我們理解亞梓莎小姐的心情了，會就此放棄。」

「非常感謝各位，祝各位有個光明的旅途。」

「接下來還會有許多像我們這樣的冒險家前來，亞梓莎小姐可能會很辛苦，但請務必提高警覺，小心不要突然遭受攻擊。畢竟也有滿腦子只想成名的冒險家。」

等一下。

「我的傳聞已經散布得這麼廣了嗎？」

聽到傷腦筋的事情了。

「是的，這個地方的冒險家之間應該無人不曉吧。況且高原魔女亞梓莎小姐是最強魔女，更是這片土地的冒險家心中的驕傲。」

怎麼隨便把人家當成鄉土的驕傲了啊！別打擾人家的慢活好嗎？

沒辦法。

只得變更戰術。

「我知道了。那就和你們對戰一次吧。」

「真的嗎！」

小隊立刻興奮不已，他們好像當我是藝人了。

「不過，我有交換條件。如果你們輸了，我要你們到處宣揚高原魔女沒什麼了不起。我希望盡可能避免與他人戰鬥。」

女性魔法師點頭如搗蒜。

「好吧，雖然說是對戰，但我也不希望你們受重傷……」

走出屋外後，我以耕田用的鐵鍬在地面畫個大圓。

嚴格來說不是正圓，而是接近橢圓，不過沒差。

「只要離開這個範圍就算輸，這種規則可以吧？」

當然他們不敢不答應，就這麼決定。

這樣就不會造成任何人受傷，馬上就能分出勝負。

「如果我離開這個圓圈就是我輸，你們所有人離開就是你們輸，可以吧。附帶一提，只要一離開圓圈的人就要退場喔。」

條件對他們有利，這樣他們不至於反對吧。

「那就馬上開始！」

試圖先發制人的女魔法師將魔杖指向前方，詠唱某些咒語。

「風兒啊，現在化為我的僕從，狂驟呼嘯吧……」

肯定想以風將我颳跑吧。我也這麼想。

呼颼颼颼！

漩渦狀的旋風迎面而來。

光聽聲音也知道威力相當猛烈，看來他們是等級相當高的冒險家。

龍捲魔法原來是這樣使用的嗎？

我的狀態中也具備這種能力，卻不清楚使用方法。既然隨便念句咒語就能發動冰雪魔法，可能沒有嚴格的形式吧。

要說對策也不是沒有。

取名為「以眼還眼作戰」。

「風兒啊，現在化為我的僕從，狂驟呼嘯吧！」

我念出與對手完全相同的咒語。

老實說根本就是照抄。反正異世界沒有著作權！

呼颼颼颼颼颼颼颼颼颼颼颼颼颼颼颼颼颼颼颼颼——！

產生威力是對手幾十倍的龍捲風。

而且直接撲向他們！

首先吞噬並吸收女魔法師產生的龍捲風，而且不僅沒有抵銷，反而近一步加速。

「沒看過這麼強的龍捲風！」「怪物啊！」「快逃！」

© Benio

所有對手都大驚失色。可見龍捲風有多麼巨大。

可以說，我一使用魔法，對手就已經喪失戰意。

只要被龍捲風吞噬，至少會被颳飛至圓圈外。

小隊所有人都結實承受龍捲風的威力。好，成功了！

不過威力可能有點太強了。

「呀啊啊啊啊啊啊！」

「嗚哇啊啊啊啊啊！」

「救命啊————！」

一行人就這樣被捲入龍捲風內——然後愈飛愈遠。

糟糕！我太小看等級九十九的威力了！

這已經完全超出圓圈外的等級啦！

不過龍捲風似乎也會隨著時間而逐漸減弱力量，不久後他們應該會在地面軟著陸吧。

著陸在山腳的弗拉塔村附近。

「啊，慘了……」

老實說，他們掉落的地方實在糟透了。

之後為了確認情況，我前往村子一瞧。

「哎呀，竟然以一個龍捲風颳跑了高等冒險家小隊，不愧是高原魔女大人！」

「親眼見證到高原魔女大人的驚天實力耶！」

「今後幾百年，這個村子都平安啦！等級九十九果然是事實呢！」

我打跑冒險家小隊，似乎已經成了村裡的熱門話題。

這也難怪，這麼大的龍捲風，從山腳的村子肯定也看得見吧……

「小隊所有人也說要從頭開始練功！總有一天要達到與高原魔女大人同等的境界！」

那些人不是到處宣揚我的事情嘛！與說好的不一樣！

讓村民目睹小隊被颳跑，實在找不到理由蒙混過去。萬一謊稱凶惡魔物出現的話，又會造成村子的恐慌……

「對，是我以魔法颳跑他們的……」

高原魔女等級高達九十九，似乎就此成為村裡人盡皆知的公開情報。

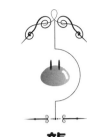

龍找上門來

She continued destroy slime for 300 years

滿級實力傳開（雖然不是自願）之後，我弄來幾本魔物相關的書籍，開始用功。

我可不是對討伐魔物產生興趣。

真要說的話，正好相反。

只要具備某種程度的魔物知識，即使有人上門委託，我只要提供一些建議，或許不用出面就能推辭吧。

而且我也不反對提供這種程度的協助？我可不要像拉車的馬一樣受人使喚。

畢竟可是等級九十九呢。我也知道世界上沒有多少人具備這種實力。

萬一各種麻煩找上門來，倒楣的就是我了。

自從颳跑冒險家小隊一行人之後過了十天左右，我的生活沒發生什麼變化。也沒有接到任何討伐龍族之類的委託。

不過委託村子雜貨店代售的藥品銷路變得比以前更好，採草藥的量倒是增加了。

村民肯定以為等級九十九的魔女調配的藥物肯定有效。老實說，其實沒什麼差別。

「又不是網路社會，情報擴散的速度很慢吧。希望話題別往外散布，就這樣平息。」

但大概是禍從口出，門上傳來相當大力的咚咚敲門聲。

這次是誰啊……？

敲門敲得相當粗魯，不太可能是村民。

如果假裝自己不在家，對方可能會敲壞門，因此我趕緊打開。

若是委託我幫忙討伐龍，就傳授龍族攻略法，巧妙讓對方打退堂鼓。只求不是哪個城鎮面臨滅亡危機的緊急案件。

「請問是哪一位？」

結果我面前出現一個龐然大物。

身材高聳。不對，應該說對方根本不是人類。

巨大的翅膀，碩大的軀體。好像還會吐火，頭上長著兩隻角。

龍居然找上門來。

這麼說，剛才是以尾巴敲門的吧。所以敲門聲才這麼粗魯。

「這個……請問有什麼事？」

根據剛才看的書，龍屬於高等魔物，好像可以透過語言溝通。

更何況懂得敲門，代表具備能溝通的智慧吧。
書本上的知識馬上就發揮了作用，但我真不希望以這種形式發揮……
「我可是號稱南提爾州當地最強魔物的龍族，族中堪稱最強之龍的萊卡。」
原來龍不只聽得懂人話，還會說啊。
可是聲音大得我腦袋嗡嗡作響，好像來到演唱會現場。
「龍族找我有什麼事情呢？」
「最近謠傳，這裡住著最強的魔女。」
「別告訴我，你是來找我一較高下的吧……？」
「什麼啊，那就好辦了。」
流言到底散布得有多廣啊！
拜託至少侷限在人類的範圍吧。
慘了……想不到不是找我討伐龍族，而是龍族自己上門！
「我根本不想要什麼最強的稱號。只是單純持續累積了三百年經驗值，數字看起來很大而已。因此最強稱號就讓給你吧。」
「以為這樣就能打發吾人嗎？和吾人戰鬥，然後一較高下吧！」
超煩人的……
就說我這裡不是道場，不要來踢館了啦……

「如果我說不要的話，會怎樣？」

「那吾人就踩扁妳的家，還會毀掉妳的田。」

看來非打不可了……

萬一房子沒了，往後肯定無法再過著悠哉游哉的日子。

「知道了，那就打吧。不過我根本沒有自稱最強，如果我比你弱得多，你可要手下留情喔。」

「行，吾人只要能確認自己最強就足夠了。」

然後我們離開住處，來到遠處一片寬廣的空地。

我可不希望住處在戰鬥中損毀。

「那就好好見識一下我萊卡的力量吧！」

「好好好，儘管讓吾人見識吧。」

龍揮動背上的翅膀，振翼飛上空中。

「看吾人將妳燒成灰！」

他從口中噴出火炎來！

要是正面被火燒到可受不了。我可不要受到嚴重燒傷。

「冷凍一切吧！」

以冰雪魔法對抗火炎。

我的作戰似乎成功，碰上魔法的火炎互相抵銷而消失。

「嘖！還挺有兩下子的嘛！高等魔女果然名不虛傳！」

看來沒辦法故意放水落敗了。

到頭來，最有效率的方法可能是以實力擊敗他。

那麼，該怎麼與他戰鬥呢，他飄浮在空中呢。

「宣告暫時脫離地表！」

我詠唱咒語，使用空中飄浮魔法。

這樣就不算與龍完全不對等了。

從弗拉塔村回家之類等情況，利用空中飄浮魔法頗輕鬆，因此我經常使用。

接下來該怎麼與他對戰呢。

實在不太想接近。如此一來就得以魔法迎擊，但這麼大的尺寸，應該沒辦法像人類一樣以龍捲風颳跑。就算將他吹飛，這麼大的身軀要是掉落在村子，會造成重大災害。

那麼要使用雷擊嗎？不過老實說，我不認為自己能控制力量。與史萊姆不一樣，殺死高智慧的龍族可能會留下罪惡感。我希望盡可能別取他性命。

這麼一來，不是火炎就是冰雪吧。

火炎正好是龍從口中吐出的火，可能對他無效。

那麼只能靠冰雪了。

「居然模仿吾人飛在空中，耍這種小聰明！」

龍伸出爪子試圖擊落我，但這種程度一下子就能躲避。

然後，爪子揮空的龍露出了破綻。

我鼓起勇氣，縮短與龍的距離。

「看吾人將妳燒成灰！」

即將吐出火炎的龍再度張開嘴。

我就在等這一瞬間。

朝向龍的嘴，我施放冰雪魔法。

「讓一切結冰吧！」

龍的嘴頓時結冰，掛滿冰霜。

一下子就讓龍的嘴變得像冰雪洞窟。

「啊嗚！嗚咕！噗嗚嗚嗚嗚嗚！」

眼看龍大為震驚，直接降落在地面後開始盲目亂轉。

勝負揭曉了吧。如此不用奪取他的性命，就能讓他陷入大混亂。

「怎麼樣?腦袋冷靜下來了沒？」

龍慌張之下完全不顧形象。盲目亂轉就是最好的證據。

咦？盲目亂轉？
我有不好的預感……
「不要破壞我的家！絕對不要破壞！」
「嗚咕嗚嗚嗚嗚嗚嗚！好冷啊啊啊啊啊啊啊啊啊啊啊！」
但是龍已經朝我家的方向衝了過去——撞上屋角。
——匡啷。
撞上屋角的房間損壞。
這點燃了我的怒火。
「剛才不是叫你別破壞嗎！」
氣得我接近龍——
「這是遭到破壞的房間所受的痛苦！」
——以物理攻擊揍他！
「噗哇……」
一拳就ＫＯ了龍。
啪噠一聲倒在高原上。
應該是沒死，但造成不小傷害，似乎一時片刻動不了。
以拳頭揍下去的確很痛，還好沒有骨折之類。

「好、好可怕的力量……吾人竟然輸得這麼難看……」
龍看似也對自己目前的處境難以置信。
「總之，這樣就算我贏了……」
我望向部分損毀的房子。
絕對要叫他賠償。
「欸，叫做萊卡的龍。」
走進龍身旁，我伸手戳了戳他。
「請你負責修繕我家，否則我可不原諒你喔。」
只有臉在笑，但眼睛應該沒有笑意。
這樣已經足以告訴龍，我現在非常生氣。
「吾、吾人知道了……吾人會想辦法……所、所以原諒吾人吧……不要奪走吾人的性命……」
「不會啦，要是奪走性命不就沒人幫我修繕了嗎？我不會施加什麼保險的。」
寢室等房間好像沒有受損，但風多半會灌進室內，乾脆暫時到村子的旅社投宿一兩晚吧……
「這個……吾人在山裡的住處存了一些錢……可以去拿來嗎？以那些錢修繕……」
話說回來，好像聽過龍天生喜歡收集黃金。

「好啊，但你如果逃跑的話，我會去討伐你喔。」
「我絕對會遵守約定！」
隨後龍搖搖晃晃飛上天空。

當天，我前往村子投宿。
「啊！魔女大人！看來您擊敗了龍吧！」
「連村子都能清楚看見龍的身影喔！」
「竟然能擊敗那隻龍，真不愧是魔女大人！」
果然傳開了。
那麼大的龍，即使從遠處看也絕對非常顯眼。
「不好意思，雖然戰勝了龍，房子一部分卻損毀了。暫時要在村裡借住一段時間，不好意思打擾各位了。」
「不會不會，是那隻龍不好！」
「反而是魔女大人保護村子不受龍的攻擊呢！」
「帶您到旅社最棒的房間吧！」
「大笨蛋！村裡哪有旅社能讓魔女大人下榻啊！」
結果之後一換再換，住宿的地方換成村公所的來賓專用房間。這是王國官員等貴賓出公差時下榻的地方。
當作偶爾接受村民的盛情也不壞。
之後就捐贈高價的藥物打平吧。
投宿順便難得在村裡悠閒散步，不過相較於我剛到的三百年前，村子好像變得更有活力，應該也增加了一些人口。
原因大概有不少，其中之一可能是我的緣故。
村裡的人經常這麼說。
好像是我為村子製作珍貴藥材等原因。
不論任何村子，都有人因為壽命已盡以外的疾病或傷勢而死。據說由於我負責提供藥物，讓這座村子的死亡風險相較於周邊村子低了許多。
尤其是小孩生病早夭的病例大幅降低，促進了人口增加。我不只會調配治療疾病的藥，還會製作類似孩童用的營養劑。
對我而言，採集草藥調配藥物算是慢活中的興趣，既然興趣能救人，那可相當光榮呢。
既然當天沒必要回家，我便在酒吧悠哉地喝酒。
到了晚上，酒吧依然充滿活力。
「啊，是魔女大人！」

「向魔女大人乾杯！」

已經有不少人酒酣耳熱，酒吧內十分熱鬧。

我在帶位下來到餐桌席。

不知為何，還沒點餐就端了看似高級酒上桌。

「這個，我還沒點呢。」

「小時候，魔女大人的藥曾經救過我一命喔。」

酒吧女兒笑著說。

「所以這是報答您的恩情，請魔女大人慢慢喝喔。」

今天一整天都是這樣。村民完全不讓我掏錢。

偶爾過著這樣的日子也不壞。

我一口一口啜飲著酒。

以前當ＯＬ的時代太忙了。根本就是社畜。

幾乎沒有為了他人工作的實際感受。真要說的話，只是為了公司工作。所以不論怎麼忙碌，都感到空虛。

與他人接觸本身並不違反慢活的信條，以後多來村子一趟可能也不錯。

高級酒的味道和平常喝的酒果然不一樣，有股醇厚感。這股醇厚肯定就是高級的部分。

「啊～真好喝。和以前比起來，現在簡直像天堂一樣呢。」
喝得我忍不住脫口而出。
「我們都在魔女大人的保護下生活，就像住在天堂一樣耶！」
「年輕時咱也曾經長途旅行過，但哪個村子也不像弗拉塔村這麼棒！」
雖然當著我的面，溢美之詞要扣掉一部分恭維話，但依然聽起來很開心。
「我也很高興能住在這座村子的附近。」
我打從心底這麼說。
這座村子算是我的驕傲。
今後依然想繼續見證村子的發展。

當天帶著微醺的醉意，回到下榻用的房間就寢。
雖然睡覺時間略晚，依然比社畜時代早很多。
更何況，當時早上六點多就必須起床……明明是三百年前的事情，卻依然記憶猶新。
早餐也端出以村子而言相當豪華的餐點。
肯定是以接待來賓的方式款待我吧。
「當魔女真是太棒了……」

跟著享用早餐。尤其牛奶看似現擠的新鮮滋味，真的很好喝。

與日本相比，料理本身的調味十分單純，總難免覺得平淡無奇。但是一提到牛奶，肯定是弗拉塔村獲勝，盒裝牛奶簡直無法比較。感謝為我烹飪料理的廚師以及牛兒！

對了。

下次乾脆教教村民下廚吧。

反正還記得以前在日本時代的知識，應該能教他們獨創性的菜單。

就在我漫不經心思考時，負責料理的人快步前來。

「高原魔女大人，有一位訪客求見大人您。」

「那麼請對方到無人的會客室等待吧。再過三分鐘我就吃完了。」

一邊心想這次是村裡的誰，我走進會客室。

會客室內有一名頭上長著兩隻角的少女。

年齡看起來像國中生吧，大約十三歲。

服裝有一點蘿莉塔時尚風。

而且不是COSPLAY，合身的程度一眼就看得出是平常的服裝。

是誰啊？

以前從未見過頭上長角的村民。

應該說既然頭上長角，代表不是普通人類。

「昨天給您添麻煩了。」

與我四目相接後，少女禮貌地低頭致意。

「這個……即使妳說昨天，但我們應該第一次見面吧……」

如果見過頭上有長角的人，絕對不會忘記才對。

「噢，因為改變了外表，您才認不出來吧。」

改變外表？我沒幫助過仙鶴或是地藏菩薩喔。

「吾人乃昨天的龍，萊卡。」

「不會吧——！話說原來妳是女生嗎！」

話說回來，萊卡這個名字聽起來確實像女生呢……

「龍族中有不少龍具備大量瑪那，能像這樣變成人類的模樣。否則要是跑到人類村里，會造成村民慌亂。」

名叫萊卡的龍少女表示。

龍如果跑到村子來，村子肯定掀起一片騷動。

即使動員所有村民，也無法戰勝如此巨大的生物。

「不過妳的年紀不是少女吧？」

聽她自稱「吾人」的口氣，肯定不會是十三歲。

「差不多活了三百年。」

「年紀差不多啊。」

雖然說三百歲「差不多」有些奇怪，實際上的確是這樣。

「還有……這些請您笑納。」

萊卡將一個大布袋放在桌子上。

重量可能不是少女扛得動的，但既然她是龍，應該沒問題。

「這是什麼？」

探頭一看袋內，立刻得到答案。

是金幣。

「就是修繕費吧。」

「是的，吾人帶來了之前存的錢。」

想不到龍這麼會存錢啊。

「謝謝妳。有這些錢應該就能修繕了吧。」

如果只是讓家恢復原狀，這些錢應該足夠，我也鬆了口氣。

不過萊卡看似還有話要說，態度扭扭捏捏。

該不會還有什麼原因，比方說沒有這筆錢就救不了罹患疑難雜症的女兒吧？

我的心腸也沒那麼惡毒，知道體諒別人的苦衷喔。

「其實，吾人有一事相求……」

「什麼事？反正說說也不用錢，儘管說吧。」

「能不能……收吾人為徒、徒弟呢？」

聽她這麼說，我感到不解。

「徒弟？意思是我當師傅？」

「是的。與魔女大人交手過後，深刻體會到吾人還不成熟。所以吾人想拋棄南堤爾州最強的驕傲心態，從頭開始努力學習。」

「妳的心態值得讚揚，可是，徒弟？」

活了三百年，我從未想過這些事情。

「這個，繼續隱瞞下去可能不太好，所以先告訴妳，我並非接受過特殊訓練獲得力量。只是長時間過著狩獵附近史萊姆的生活，不斷累積經驗值才變強的。」

所以我沒有任何知識可以教她。

「不，吾人就是想仿效這種努力的累積！吾人太過相信身為龍族的力量，心生傲慢，才會疏於磨練自己。結果輸得這麼難堪！」

這個龍女孩比想像中認真呢……

「不過這麼一來，我要教妳什麼呢？」

既然無法教導技術，收為徒弟也沒有意義吧。

「請讓吾人與師傅一起住，指派工作吧，吾人學習師傅的生活就很感激了。」

原來是當室友啊。

老實說，我非常煩惱。

與獨居時的懶散不一樣，如果和其他人住在一起，會產生壓力。

而且我已經過了三百年獨居生活，現在才兩人住也有點……

等一下。

「妳說妳想住進來吧。」

「是的。」

「意思是妳會幫忙下廚，幫忙打掃嗎？呃，我不會統統都交給妳做啦。」

「當然啊。下廚與打掃都交給吾人吧，而且收吾人為徒實在太方便了呢。」

這讓我的心情產生動搖。

其實還不錯呢。

三百年獨居生活已經變得千篇一律也是事實。

這已經算是傳統了。在日本沒有任何人獨自生活三百年，在獨居上我有獨到見解喔。

為這項傳統畫上休止符也不壞。

「我知道了，就收妳為徒弟吧。」

「非常感謝您！」

萊卡禮貌地低頭致謝，兩隻可愛的角朝向我。

當了魔女三百年，終於收了一名徒弟。

不過，如果真要住在一起，就必須改善某些地方。

「我說啊，萊卡，現在不只修繕我家，更應該考慮進一步的發展才行呢。」

「請問這是什麼意思呢，魔女大人？」

等一下還得要求她改掉「魔女大人」的稱呼，不過先解決眼前的問題吧。

「妳不是也要住進來嗎？光是修繕嫌太小了，應該進一步增設房間。」

「原來如此，的確是。」

原本是一對夫妻住在這裡，對於夫婦而言還好。但以師傅與徒弟的距離感而言，房子要大一點對彼此比較自在。

若從徒弟的角度來看，比自己了不起的人物隨時就在身邊，心理上應該會有壓力。

換成我自己的話，如果上司就住在自己家裡，我大概每天都會胃穿孔。

「所以在家的版本進化之前，暫時在村裡投宿吧。妳也找間旅社過夜。」

「既然這樣，乾脆由吾人改建吧？」

她的回答出乎意料。還是工匠喔。

「說要改建，妳不是沒有建築師的執照？」

「只要有木材與石頭等建材，組裝起來即可，總會有辦法的。請交給吾人吧。」

萊卡一拍胸口，信心滿滿地保證。

僅憑龍變成人類的印象，實在很難想像還會蓋房子。但她既然這麼說，就試著交給她吧。

「木材的話，我在森林裡採摘草藥的範圍已經取得了使用權，利用那裡吧。設計與裝潢就拜託妳囉。」

「非常感謝您！吾人會打造魔女大人也滿意的家！」

「噢，保險起見，我也跟妳一起去。」

畢竟完全不知道龍的價值觀是否直接通用。

萊卡來到村子外頭，身形恢復成龍的模樣。

「飛過去比較輕鬆，就以這個模樣過去吧。況且也比較容易使力。」

確實是之前交手過的龍。

雖說來到村子外頭，但從村裡絕對看得到，之後還得向村民解釋才行。

「魔女大人也騎在吾人的背上吧，吾人直接載您到森林去。」

「可以不要再叫我魔女大人了嗎？」

既然要拜魔女為師，代表萊卡的身分也接近魔女見習。彼此都是魔女，日常稱呼還是換一個聽起來比較順。

「畢竟要一起生活，稱呼我的名字亞梓莎即可。」

「那請讓吾人稱呼您為亞梓莎大人吧。」

後面的『大人』兩字就算了。反正我是她的師傅。

我騎上萊卡的背。

騎上去的感覺不壞，至少似乎沒有摔下去的危險。

「準備要飛了，請告訴吾人森林的方向。」

感覺好像在搭計程車。

◇

龍型態的萊卡發揮驚人的速度，一下子就抵達森林。

徒步移動只是因為有地形高低差而花時間，直線距離其實並不遠。從空中也看得出來。

然後一進入森林，只見她接二連三折斷樹幹。

憑藉龍的力量，折斷大樹似乎也不是難事。

這麼一來，能贏過龍的我，攻擊力到底有多少啊？

「我先聲明，不可以將折斷的樹幹堆起來說這是家喔。得讓風不會從縫隙吹進室內才行。」

「是的，只是手邊沒有加工木材用的鋸子才臨時這樣，之後會確實加工成木板。」

這番話不假。

只見萊卡不知飛到哪座城鎮去，沒過多久帶著各式各樣的道具回來。

「吾人去過城鎮，也見過一些建築物，還記得製作方法。應該能蓋出不錯的家。」

「建築物看過就能記住嗎？」

「龍是記憶力很優秀的種族。」

萊卡迅速開始加工蒐集到的木材。

以龍的尺寸而言嫌太大，做起事情不方便，因此以人類外型進行。

老實說，速度實在快得離譜。太陽下山時分，已經開始進入一部分組裝工程了。

原因之一在於以龍的力量，可以輕鬆搬運建材。

在日本建造房子時也是一樣，如果一根梁柱只有幾百公克重，建築速度絕對飛快吧。

以龍的尺寸而言，人類居住的建築設計似乎類似積木遊戲的延長。由於盡可能不使用釘子，因此採用建材與建材相互組合的工法建造。
這是日本宮殿木匠的技法。除了興建神社或寺廟以外，技術本身也能活用，因此居住在不同文化圈的人懂得使用也不足為奇。
但不論再怎麼快，也無法在第一天完成，眼看天色愈來愈暗。
「今天就到此為止，回村子去吧。我會再幫妳安排旅社。」
我拍了拍手，示意今天到此為止。
反正還得告訴村民，我收了龍做徒弟的事。
「不，亞梓莎大人，吾人一點也不累，可以繼續進行。」
這句話讓我感覺不對勁。
「龍的眼睛在夜晚也看得很清楚。只要熬夜趕工，明天就能完成。」
天啊，這可不是好事。
「這樣絕對不行——！」
我不禁大聲喊。
萊卡也嚇了一跳，停下手邊的工作。
「請問，吾人哪裡、做得不好呢，亞梓莎大人……」
「萊卡，妳剛才說熬夜就能趕完吧。這樣是不行的，真的不行！」
「這個，吾人……想展現自己的努力……」

「努力這個詞彙不可以過度美化！」
不禁想起以前我當社畜的時代。
今天勉強自己加班，工作就能趕完。
今天熬夜趕工，就能追上落後的進度。
基於這種想法，我一直勉強自己完成工作。
要說最後有什麼結果，就是勉強趕工變成了自己行事曆的常態。
下場顯而易見。
最後我落得過勞死的下場。
以一句話總結，就是過度努力的結果。
所以我再也不過度努力。
既然已經工作到日落，剩下的明天再做就好。
「看，天色變暗了吧。在這個世界中，代表今天到此為止。至少我不是勉強自己才變強的，只是維持剛剛好的生活而已。」
「吾人知道了，那就聽亞梓莎大人的吩咐……」
「嗯，這樣就對了。」
我面露微笑。
看來還得管理屬下的勞務呢。

「今後如果感到疲勞，或是覺得不行了，不用客氣儘管告訴我。」

「亞梓莎大人對徒弟的關懷，讓吾人銘記於心……」

有點太誇張了啦。

◇

之後我特地讓萊卡以龍的模樣前往村子，在村子入口前變回人型。萬一維持龍的模樣衝進村裡，可能會撞壞建築物。

許多人聚集來一探究竟，某種意義上來得正好。

「各位村民，龍族的萊卡從今天開始成為我的徒弟。可能會造成什麼麻煩，但她是十分機靈的孩子，請各位好好疼愛他。」

配合我的寒暄，萊卡低頭向眾人致意。

「如果萊卡惹出什麼麻煩的話，請通知身為師傅的我。我會好好罵罵她的。」

眼看村民還帶有幾分不安。

考慮到龍就在自己眼前，也不能怪他們……

起司工匠拿邦舉手發問。

「請問，魔女大人……龍小姐的力量很強吧……會不會喝了酒後突然發酒瘋呢……？」

「要這麼說的話，不論是我，強大的冒險家和大家都一樣。當然身為師傅的我，會查明徒弟喝醉後是否會亂鬧。」

情況很像這樣。

帶新人屬下前往工作單位的企業時，就像這種感覺。

清楚理解工作單位的想法，同時還得好好保護自己的屬下。

沒多久，村長來到我的面前。

我重複剛才所說的話。

「那麼，萊卡也主動向各位打招呼吧。」

雖然萊卡的表情還有些緊張，但微微點點頭。

讓萊卡親口告訴村民，為什麼要成為我的徒弟。

「吾人是今次，成為高原魔女亞梓莎大人徒弟的龍族萊卡！還請各位多多指教！

當然，來到村子時不會以龍族的模樣，而是女孩的模樣前來！」

勇氣可嘉的態度讓村長的表情也緩和許多。

「我知道了，那就認可龍族的萊卡小姐來村子生活吧。有龍族在村裡，也能遏止來自外界的壞人。」

得到了村長的許可。

「對啊，有魔女大人負責監督，肯定沒問題吧。」

「比我家女兒還會說話，而且聰明喔。」

「要是否定魔女大人的徒弟，可就太無情了呢。」

村民們似乎都同意。

看來萊卡也有機會獲得市民權。

當天就讓萊卡和我一起下榻於來賓用的房間。

距離晚餐還有一段時間，因此在房間悠哉度過。

抱著信賴對方的證明，我還告訴她自己現在的狀態。比起數值方面，萊卡似乎對魔法的數量更為驚訝。

「能使用這麼多的麻法，亞梓莎大人果然是傳說級的魔女呢……」

「是這樣嗎？」

晚餐前往常去的餐館「凜冽大鷲」，萊卡當然也同行。

「亞梓莎大人，剛才非常感謝您……！」

「什麼事？噢，是剛才向村民致詞的話嗎？」

「以前吾人總是以龍族的方式，在任何地方展現自己的力量，讓別人就範……不過還有像這樣，以力量之外的方式得到他人接納，也是相當珍貴的體驗呢……吾人真的感到十分高興……」

原來如此，比起單純的新人教育，還得教育她龍族如何融入人類的生活才行。
「這是良好的走向，今後要繼續保持下去。」
「好的！請師傅多多指教！」
萊卡對刀叉的使用方法也相當熟練。
可能從以前就經常以人類的模樣，混入城鎮的緣故吧。
「該不會以人類的模樣生活了很長時間？」
「是的。雖然不是住在城鎮，但只有一小部分人知道龍族會化為人類模樣，因此幾乎沒有惹過什麼麻煩。」
幻想世界都有獸人了，區區頭上的角要蒙混不難。弗拉塔村雖然沒有獸人居住，卻有旅行獸人來訪過。
「好啦，既然也受到村民認同，明天也以舒適的家為目標，繼續動工吧。」
「是的！吾人會好好努力！」

◇

隔天早上，萊卡迅速繼續進行房子的增建工程。
我也以監督者的身分同行。

「目前沒有什麼大問題，進行得很順利。」

「看來確實是這樣呢。」

工程以快得驚人的速度進行，這也多虧龍的力量。

「欸，話說萊卡的狀態，究竟有多高呢？」

既然我贏過她，狀態當然是我比較高，但究竟有多少差距呢。

單純對知識方面感到好奇。

「沒有測量過不太清楚，但吾人號稱南堤爾州最強之龍，大約有一百年了吧。」

維持最強頭銜真久啊。

附帶一提，南堤爾州是包含這一帶的高原地區周邊，有瑞士風情的州。由於山巒起伏，棲息著龍族也不意外。

※其實我沒去過瑞士，所以是隨口說說的。

「既然機會難得，先到公會登記成為冒險家也不錯吧。反正也不需要以顯示的數字為基礎特訓，就看妳的意思囉。」

「也對，或許可以當成一項指標，但無法獲得自己能接受的力量就沒有意義了。」

萊卡似乎對狀態數值不太感興趣。

可能是身為龍族的緣故吧，光是龍族就已經凌駕大部分人類了。

人類正好相反，只要看不見狀態等數值，就無法得知實力。

因此會傾向以狀態客觀審視自己的強弱。

接近中午時分，已經看得出要蓋成什麼樣的建築物了。

在之前的房子增設閣樓風格的部分。

記得輕井澤好像有這種造型的別墅，高原上座落這種建築物感覺也十分匹配。

「磚瓦房或是有彩繪玻璃的建築物，分別需要專門的工匠，因此蓋成木材建築。」

「嗯，這樣就好了，照這樣繼續吧。不過差不多該午休囉，到村子吃頓飯吧。」

「不，還差一點就能剛好告一段落了。」

「萊卡，忘記我昨天說的話了嗎？」

休息的時候要確實休息，工作過度不該視為美德。

只要我眼睛還睜著，就不允許惡劣的工作條件。

「不，吾人並非想拚命趕工……只是在半吊子的地方結束，會一直掛在心上……」

「那麼就在剩下的十分鐘內，完成到剛好告一段落。」

「知道了！」

工作與生活要平衡，工作與生活要平衡。感覺好像總務課的人事負責人。

中午在村裡吃了頓類似意麵的午餐，還有讓萊卡多攝取水分。

由於之前長時間身體勞動，要求她好好補充。

附帶一提，弗拉塔村的地下水資源豐富，用水無虞。
用餐完畢後，與萊卡在村裡閒晃散步。
這也是有意義的，目的是讓村民盡快熟悉萊卡的面貌。
原本想順便讓她前往公會登記，但感覺像是某種工作時間，因此決定過幾天再說。
若是僅以魔法石換錢，由我來就行了。

之後，午後的工程繼續開始。
工程已經進行大半，感覺即將接近收尾。
由於牆面已經完成，準備蓋上木製屋頂。
最後將剩餘木材製作的椅子與桌子搬進房子內。
這部分我也有幫忙，確實很輕易能劈開木頭，而且不會累。看來我等級高的確是事實。
傍晚時分，整修完畢的高原之家順利完工。
「嗯，做得好！」
從外頭一瞧，我感到十分滿意。
上次撞壞一部分的房間改建成穿廊，連結直接增設的三角屋頂閣樓風區域。

另外閣樓風的區域也有出入口，可以直接進出。
增建部分的屋頂很高，還有二樓房間。
一樓除了共享空間以外，左右分別有三個房間。這樣應該能保證徒弟的私人時間。
即使徒弟增加也不怕。
不，其實我現在絲毫沒有多收徒弟的打算……
「嗯，萊卡，做得好。」
「能讓亞梓莎大人滿意是吾人的榮幸。」
萊卡也看似十分高興。
外表年齡接近國中女生，看起來十分可愛。
「那麼還得回到村子，通知村民房子完工才行呢。說不定今天依然為我們準備來賓用的房間。」
「為了讓村民接納吾人而費盡心思，真的非常感謝您。」
可能受過良好的教養，萊卡又這麼說。
「既然說要當妳的師傅，當然要盡心盡力。所以這不是什麼特殊待遇喔。」
這不是虛張聲勢，而是關照徒弟必須做的。
不能因為她是龍族而想盡辦法躲避，畢竟她不論怎麼看都像人類。

「那麼今天就在村裡大吃一頓吧。啊，龍可以吃人類的食物嗎？」
雖然之前都非常自然地和我一起用餐。
「是的。外表是人類的時候，可以吃人類吃的食物。」
看來已經沒什麼好擔心的了。
「吃下人類能夠飽足的分量，營養就足以讓龍族生存了。」
這真的不是微妙的金手指能力嗎……

一直在空中飛會導致運動不足，因此徒步前往村子。
路上再度遭遇史萊姆，加以狩獵。
萊卡手一揮，像掃除灰塵似的拍飛史萊姆。
光是這樣史萊姆就死翹翹，龍族的攻擊果然強大。
「話說回來，以前吾人沒有狩獵過史萊姆呢。以前居住的山裡沒有史萊姆。」
「畢竟是低級魔物啊。」
「總覺得連戰鬥都嫌浪費時間呢。絲毫沒有戰鬥的感覺。」
「會這麼想對吧，不過持之以恆才是重點。有句俗話說，堅持就是力量嘛。」
我刻意以師傅的語氣表示。
不如說，我無法在技術上指導她，只得這麼說。

「確實，吾等龍族如果持續不斷狩獵史萊姆，或許現在早就變得更強了。吾人會參考師傅的生活方式。」

「也對，希望妳能持之以恆。」

可能刻意與史萊姆對峙的關係，抵達村子比平時多花了五分鐘。不過萊卡在村子入口，特別凝視天空的彼端，或是眺望地面。視線的游移簡直像頭一次來到村子。

「有什麼在意的地方嗎？」

「老實說，有的。」

萊卡如此表示。

「我最在意這種事了，因此不要隱瞞，趕快告訴我吧。」

「這座村子對魔法防禦非常弱呢。只要出現一個邪惡魔法師，村子轉眼就會化為火海喔。」

「呃，這個啊，設想這種最糟的情況也沒什麼意義吧。」

「還不只這樣喔。村子連來自地表的攻擊也毫無對策，萬一有什麼大型魔物失控，馬上就會衝進村裡。即使是人類相互爭戰，村子也會在短時間內淪陷。」

可能因為萊卡是龍族，對戰鬥方面特別重視。

「當然，這與村子之前的和平正好相反。可是今後未必能繼續維持和平。」

「會、會不會杞人憂天啦……」

由於這座村子不是什麼重要據點，在這三百年的光陰中，即使發生戰亂也應該不會有人重視。

「可是亞梓莎大人最強一事，是在最近才傳開的。舉個例子，很難說不會有卑劣之徒挾持村子為人質，試圖擊敗亞梓莎大人。」

然後萊卡輕咳一聲，臉頰微微泛紅。

「當然，吾人沒有這麼卑鄙，堂堂正正與亞梓莎大人交過手……」

補充說明自己不會這麼做。

「嗯，這一點有道理。」

「即便如此，今後也不見得同樣順利。畢竟偉大魔女的話題，甚至從這座村子傳到人類步行整整兩天之遙，吾人居住的山中呢。」

「確實是……」

絕對要避免因為我而導致村子遭受危害。

這種事情我絕不容許。

「那麼要搬到村裡來？難得蓋好新家，不太希望馬上搬走呢……」

更何況又不是中○保全，怎麼可能二十四小時警衛。

「應該有方法可以解決。」

「怎麼做？」

雖然詢問徒弟有點難為情，但我知道自己很強還不到一個月。算是新人培訓期，沒辦法。

「以魔法布下結界吧。」

「辦得到嗎？我學會的魔法不包含這項呢。」

我學會的魔法如下：

瞬間移動，空中飄浮，火炎，龍捲，鑑定道具，地震，冰雪，雷擊，支配精神，解咒，解毒，反彈魔法，吸收瑪那，理解語言，變身，創作魔法。

應該……不包含結界相關的魔法吧。

「有創作魔法這一項，就利用這個自製結界吧。」

自製！原來還能這樣啊。

算是ＤＩＹ了吧，這時代連魔法都能自創呢。

「原來新魔法創作這麼簡單啊，泛用性也太高了。」

「一般情況下是做不到的，更何況創作魔法本身就是超高難度的魔法。」

看來不愧是等級九十九呢。

「創作迄今不存在的魔法極為困難，但應該能做出保護都市的結界。就從明天開始試試看吧。」

多虧徒弟而得知了連自己都沒想過的事情。

收徒弟可能是正確的選擇。

在村裡的餐館「凜冽大鷲」用餐完畢後，我們回到新蓋好的家。

◇

隔天。

我和萊卡來到能俯瞰村子的高臺山丘上。

與其說來到——其實距離自己家不遠。實際上還看得見房子呢。

「在這一帶應該可以全方位籠罩村子。」

然後萊卡恢復成龍的姿態，以銳利的龍爪劃過地面。

這時候變回大型龍族的模樣，確實比較有效率。

「難道要在這裡開墾耕田嗎？」

「吾人在畫魔法陣。長期有效的魔法，還是畫魔法陣比較確實。」

「原來是這麼回事。」

正式開始使用魔法大約一個月的我，一直在閱讀魔法書，因此早已掌握基礎知識。

像攻擊魔法這種暫時性效果的魔法，即使隨口詠唱也能發揮一定效果。依照情況，即使不詠唱也可以。因此不需要魔法陣。

由於是暫時的，即使有些隨便都能發揮作用。

可是像這次的結界，必須長時間發揮效果的魔法，最好利用魔法陣詠唱。

其實不是沒有魔法陣就一定會失敗，但會導致長達半年的效果三天就消失。

畢竟自己沒有想過實際創作魔法，從未背誦過魔法陣畫法的細節；但萊卡在防禦系魔法中畫了典型的六角型，應該沒錯吧。

「不過龍族對魔法也這麼詳細啊。」

「都活了三百年，整天無所事事不是很浪費嗎？所以為了提升自己，不知不覺中學會了從未使用過的魔法。」

「思想這麼前衛喔！」

這三百年來，我絲毫沒有提升自己的想法。

可能源於當社畜的副作用，反而覺得悠哉度日才是人生中的重要大事。

此外，以前社畜當得正酣時，腦袋裡只想著工作，根本沒機會悠哉放鬆。如果當年辦得到的話就不會過勞死了。

「可是現在回想起來，或許就該利用這些時間，持續專注討伐史萊姆這種魔物才對。結果不知不覺掉以輕心，導致疏於累積經驗值。」

「變強到一定程度，確實會沒有戰鬥的動力呢。」

換成人類冒險家也是一樣。

完全無法想像等級高達五十的冒險家會孜孜矻矻狩獵史萊姆。

可能只會專門狩獵龍族這樣的大型魔物。

問題是狩獵這種大咖的機會本來就不多。

頻率頂多一年一次，就像祭典一樣。

導致等級卡在某種程度停滯不前。

還有，人生中身體硬朗的期間也有限，會隨著老化逐漸衰退。

關於這點，我不僅能維持十七歲的容貌與身體年齡，還每天狩獵史萊姆，才會累積這麼驚人的經驗值。

「好啦，魔法陣完成了。」

若不是龍族的話，確實無法畫出這麼大的魔法陣呢。

「我只要站在中央，詠唱魔法就行了吧？」

除了某些特殊的魔法，一般都是這樣發動。

「應該沒問題。請師傅想一個架式十足，驚人又帥氣的詠唱咒語吧！」

徒弟拋出困難的要求。

事前已經與萊卡討論過，決定該施放什麼樣的結界。

雖然是相當高等的魔法，但憑藉等級九十九，肯定能順利成功。

「內心邪惡之人，受困於此網中失去自由吧。此網宛如具備意識，會籠罩於邪惡之人身上……喝啊啊啊啊啊——！」

從我全身產生充滿力量的感覺，金黃色光芒飛向村子，籠罩全村後——頓時消失。

「這樣算成功嗎？」

「亞梓莎大人注入期望的結界飛向村子了，沒問題的。」

既然徒弟這麼說，肯定沒問題吧。

附帶一提，我發動的結界有以下效果：

首先，以魔法結界籠罩整座村子，還能防禦從遠方飛來的攻擊魔法，這是普通結界的功能。

此外還有另一項原創效果。

如果內心邪惡的人進入村子，結界會感應該名壞人，以網子纏住對方封住行動。

任職於神殿等處的神職人員，好像會使用這種捕捉邪惡壞人的魔法，這次我將效果融合在結界中。

「老實說，一個魔法結界同時有好幾種效果，幾乎是史無前例呢。正因為亞梓沙大人創作魔法，還是最高等級的魔女才辦得到喔。」

聽萊卡一個勁的讚美，甚至感覺有點不好意思。

「既然難得變強，就該使用在良善的地方。」

雖然我悠哉活了三百年，但自認還滿關心村子的情況。

原因很單純，因為這裡是我的主場。

我住在高原，過的生活卻和不遠的村民們差不多，村民們也這麼想。萬一沒有了弗拉塔村，我也沒辦法在高原之家獨居。換句話說，弗拉塔村就像最接近車站的市鎮一樣。

希望能貢獻自己居住的地方。我就是基於這種心情調配藥物，以及治療生病的村民。

與其說是我活了三百年的意義，這更像存在價值。

這次的結界也符合這種想法，才會立刻付諸實行。

能保護村子當然義不容辭，偶然練到九十九級也因此產生了意義。

當然，其他村子或城鎮多半也會要求伸出援手，對今後有點不安呢……

「那麼再回到村子去，向村長報告這件事吧。」

「好的，那麼請師傅騎在吾人的背上。」

「不，用走的。」

昨天吃了不少大餐，想運動一下。

向村長說明後，村長高興得淚流滿面。淚如泉湧真的不誇張，甚至擔心村長會不會脫水。

「實在太高興了！高原魔女大人如此為弗拉塔村著想！」

「不，我的力量變強好像已經傳開了，結界也是為了預防萬一。畢竟不確定自負力量強大的人對村子不會有非分之想。」

比方說，就算今後像萊卡那樣，我接受挑戰並獲勝，也不保證對方不會破壞村子報復。

而且在我的影響下，弗拉塔村知名度不斷上升是事實，更有可能出現腦袋有問題的人。

「不會不會！這五百年來，村子的安全措施形同虛設的問題，經常拿出來討論。現在終於解決了呢！」

拜託，拖了這麼久還懸而未決，早就該解決了好嗎！

不過安全措施都是嘗到苦果之後才會想到……沒出事之前要撥預算都心不甘情不

願……畢竟沒有人想在可能毫無價值的用處上掏錢。

「乾脆建立魔女大人的銅像吧！所有村民應該都會同意的！」

「拜託絕對不要。」

自我表現欲強烈的人說不定會覺得很高興，但我反而會嚇到。

既然結界已經設置完畢，於是我們回到新蓋好的家。

不過這種防範系統的難處在於，如果維持平穩的話就不知是否有效。就像健康的時候不需要醫生一樣，要知道哪裡有名醫，首先得受傷或生病才行。

其實什麼也不要發生，讓這些機能毫無用武之地才是最好的。

◇

雖然今天像樣的工作暫告一段落，不過還剩下一件事情必須好好確認一番。

就是萊卡製作的料理。

既然兩人生活，就需要分擔下廚與打掃工作。

其實很想交給徒弟包辦。

話雖如此，如果全部交給徒弟的話，有可能會逐漸怠惰，因此自己也打算幫忙一部分。目標是一人負責一半。

不過即使各半，萬一萊卡的手藝超級糟糕，可就不能這樣了。所以今天由我負責審查料理。

「話說龍族會下廚嗎？」

龍族給人的印象就是大口生食。

「會啊。吾等龍族可是高貴種族之一，不是野蠻人，當然也會下廚。」

萊卡挺起胸膛。

「大致上的食材我已經買來了，利用這些東西製作吧。」

「知道了，吾人會卯足全力的！」

只見萊卡也相當幹勁十足地走進廚房。

此外，這個世界有種裝了火炎魔法、類似金屬鋼瓶的東西，用來調節火量。

但這是相當高級的物品，有錢人才用得起。想省錢的人就敲打飛濺大量火花的打火石，點燃乾燥的稻草。

若能使用火炎魔法，就採用稻草生火。我也是知道自己能使用火炎後，才開始這樣做。火炎的泛用性相當高，魔法師首先都會學習這一招。

從低喃的萊卡口中噴出火炎吐息。

原來即使是少女的外表，也能使用火炎呢。

「火力強弱ＯＫ，目前沒有問題。冷靜，冷靜……吾人是龍族之女……不會這點程度而慌亂……」

可是她看起來十分慌張，真的沒問題嗎……

附帶一提，我只聽得見聲音而已。

事前約好不會偷看她製作什麼料理。如果一直在旁邊盯著，可能會導致她緊張，也失去端出料理的期待心情。

大約過了三十分鐘後。

傳來非常有活力的一聲「完成了！」。

接下來，她究竟會端出什麼樣的料理呢？

首先，第一個盤子盛裝的是大量沙拉。

有些草藥比較不苦，可以生吃或川燙。沙拉裡加了一些這種草藥。

此外最吸引目光的——是盛裝在另一個盤子裡的巨大煎蛋包。

推測大約用了十個蛋吧。

「我確實很喜歡煎蛋包，但這卡路里會不會太高了……」

「這可是我的最高傑作呢，來，請用吧！」

反正量的多寡是次要問題，最重要的是味道。

先嘗第一口。

「……啊，真好吃！」

多麼順口的鬆軟綿滑感啊！

「而且裡面包的是炒洋蔥與紅蘿蔔嗎。」

這一部分還算正統，不過尺寸這麼大，一直吃這個味道可能會膩——噢噢，出現不一樣的味道了喔！

「啊，往旁邊一挖，還包著起司呢！」

「沒錯，在煎蛋包內一點一點加入不同的味道。這樣有吃蛋的樂趣喔。」

「不過真虧妳能做出這麼大的煎蛋包呢。」

「回去拿金幣的時候，還帶來了調裡廚具。」

原來這麼想拜我為師嗎……這次就稱讚妳的幹勁吧。

萊卡，妳真的相當優秀呢。

巨大煎蛋包總共可以享用四種味道。類似根據咬下的地方，包了不同餡料的巨大飯糰。

「說真的，做得很棒呢。雖然只有沙拉與蛋包，不過認同妳有貨真價實的調理技術。」

「非常感謝師傅！吾人之後會繼續努力的！」

受到稱讚的萊卡看起來也十分開心。

師父稱讚弟子這件事情非常普通，不吝惜稱讚也對自己有好處。算是雙贏關係。

「不過蛋有點太多了呢……要多加注意一下均衡喔……」

「不好意思……自己下廚總難免保留龍族的價值觀……」

「變成女孩子的外型時，食慾不是也和人類差不多嗎？」

在餐館吃飯的時候，感覺她的食量沒有這麼大。

「食量是比龍的外型時還少，但那一點分量實在吃不飽……就像在減肥一樣……」

即使是這麼大的煎蛋包，對龍族而言也相當節約能量吧。

「下次可以不用顧忌，盡量點沒關係……」

吃得胃有些難受，因此我服用胃腸藥。百分之百由草藥製作，服用多少都沒問題。

——就在這時候，突然傳來某種不好的預感。

「怎麼回事……總覺得村子那邊好像發生了什麼事……」

「該不會是對結界有反應吧？」

今天的確布下了結界，因此與剛才那股類似不好的預感有因果關係。畢竟之前三百年從未有過這種感覺。

這麼一來，最好前去確認一下。

「萊卡，現在前往村子吧。」

「知道了！」

◇

騎著龍型態的萊卡，飛翔在夜空中。

一如往常，萊卡在村子前變成少女後，才和我一起進入村子。

遠遠就能看見許多人點著篝火。

代表發生了什麼事。

「不好意思，究竟發生了什麼呢？」

「哦，是魔女大人與徒弟！」

「這麼快就來了嗎！」

在眾人七嘴八舌中，在場的村長說明情況。

其實看到一名被繩子捆住的男人倒在地上，就猜到事情的大概了。

「晚上來到村裡的男人，突然不能動了呢。」

就是這個被五花大綁的男人吧。

「調查過後發現，他就是最近偷遍全州、通緝中的小偷。在附近城鎮才剛偷完，打算直接到村裡再撈一票。」

「代表結界發揮了效果嗎？」

「沒錯，都是多虧魔女大人！」

原來如此，對具備邪惡念頭的人有效的力量，連對小偷都有用。

「剛才在酒吧後門物色，打算偷點東西……結果身體突然動彈不得……這到底是為什麼……」

犯人坦承不諱。

「明明從酒吧偷東西後，想趁夜色開溜……」

果然對明確的邪念產生反應。

「太好了，亞梓莎大人，馬上就發揮效果了喔！」

萊卡也為我感到高興。

「確實幫了村子的忙呢。」

不過這次功勞只有我受到讚揚不太合理，應該公平起見。

「弗拉塔村的各位村民，向我建議這個結界的是徒弟萊卡，請各位也好好稱讚她吧！」

我從後方輕推了萊卡的背後一下。

毫不吝惜讚美的村民們，視線隨即望向她。

「魔女大人的徒弟果然不同凡響。」

「有具備善心的龍族，可抵百人呢！」

「村子變得更適合居住啦！」

沒錯，各位多多評價我自豪的徒弟吧。

「過、過獎了，布下這道結界的終究是亞梓莎大人……吾人其實……」

萊卡顯得不好意思，但要當我的徒弟，必須習慣這樣的誇獎才行。

「感覺好酥癢呢……」

「不過並不壞吧？」

我的教育方針是「賞識教育」。

原因在於以前當社畜時，從來沒有人賞識我，還受盡了羞辱，累積了許多挫折。

雖然社畜時光才短短五年，但即使魔女當了三百年，記憶依然猶新。

基本上，人只要受到讚揚都會開心。

或許教育不能光靠褒獎，但該褒獎的時候不要吝惜。如果能因此激發幹勁，那不是很好的事嗎？

目前村子沒有任何損害，這一點真的太好了。

放鬆心情之後，忍不住打了呵欠。

「那麼我們就先告辭了，各位村民晚安。」

「這個……可以對外宣揚村子有龍在保護沒關係。吾人也會保護亞梓莎大人深愛的這座村子……那就先走一步。」

於是我和萊卡回到高原之家。

「亞梓莎大人，結界發動了一小部分，明天重新布下結界可能比較好。」

「這還挺麻煩的呢……」

之後，據說弗拉塔村受到魔女布下的結界保護一事跟著傳開。

能為村子的和平付出貢獻，十分光榮。

◇

既然結界問題已經解決，我便開始正式扮演萊卡的師傅。

但其實我真的沒什麼可以教她。

我帶著女孩外表的萊卡，在高原閒晃。

遇見史萊姆出沒，就狩獵。

迅速回收魔法石。

就這樣。

不過動作非常迅速。

史萊姆一進入視野，手已經有了動作。

然後以手指戳史萊姆。

光是這樣就足以消滅史萊姆。

撿起產生的魔法石，放進袋子裡。

「好厲害！快得連眼睛都跟不上呢！」

「這也是因為持續狩獵了史萊姆三百年的緣故啊。」

毫無疑問，在狩獵史萊姆上堪稱一流。雖然很懷疑能不能用來自豪。

「只要持續狩獵史萊姆，不知不覺中身體就能在反射動作下狩獵史萊姆。長久累積之下，等級也會逐漸提升。」

「知道了。我會努力不懈，總有一天達到亞梓莎大人的境界！」

如此表示的萊卡，一發現史萊姆，就迅速伸手一彈。

萊卡的攻擊力也相當高，以手或腳輕輕一碰就足以狩獵史萊姆。

「附帶一提，亞梓莎大人一天大約狩獵幾隻史萊姆呢？」

「這個呢，我想想，二十五隻吧？啊，不過有獲得經驗值增加的效果，實質上大約等於五十隻？」

反正我的等級不會僅剛好達到等級九十九而已（因為即使達到等級九十九，獲得經驗值總計依然會增加），數字上應該更有效率，但究竟是多少則不得而知。

「就算狩獵五十隻也格外輕鬆呢。我還以為需要努力咬牙苦撐……」

這的確算不上什麼了不起的勞力。

「不過呢，如果要咬牙苦撐的話，也撐不了三百年吧。意義在於持續任何人都做得到的事情，達到前無古人的長久喔。」

這種說法等於自己做的事情有意義，聽起來多少有些難為情。

「原來如此！真不愧是亞梓莎大人！好含蓄的話呢！」

而且聽得萊卡感動不已，讓人更加尷尬。

不過我一直以來做的事，可能的確有一部分真理也說不定。身為師傅，就聊聊這些吧。

「這個，萊卡，妳剛才說咬牙苦撐的努力吧，要拋開這種想法喔。」

「咦？這是為什麼呢？」

可能我的說法與常理相反，聽得萊卡一臉不解。

「因為啊，咬牙苦撐的努力是以被人看見為前提。使用這種形容詞時，萊卡肯定從中多少找到得意洋洋的意義吧。」

「這、這麼說來……」

進行辛苦的努力或修行，就會產生咬牙苦撐的自己很了不起的想法。

某種程度上，這也無可奈何。

老實說，以前當社畜的時候，我也曾經覺得拚死工作的自己很了不起。

還下意識認為自己比無所事事的人，或是沒工作的人了不起。

但這卻是大錯特錯。

「知道嗎，萊卡？萬一行動的基礎是自己受人敬佩的心情，一旦身邊的人不感到敬佩，就會難以承受，失去幹勁。我能持續三百年，就是因為毫不考慮他人的眼光。」

「真是含蓄的珠璣之言……！」

萊卡非常正襟危坐地聆聽。

「因為自己喜歡，因為自己想做，才去做。這種心情才是持之以恆的動力，知道嗎？」

「果然，選擇拜亞梓莎大人為師真是太好了。真是讓吾人茅塞頓開啊！既然要提升自己，首先就得面對自己……好深奧喔！真是深奧的教誨啊！」

其實我想表達的意思沒有這麼磅礡啦……

心裡感動是很好，但之後可別自己幻想破滅啊。

當天，在萊卡狩獵了約六十隻史萊姆之後，結束修行。

「反正史萊姆絕對不會報仇，所以要確實狩獵喔。」

之後我才反省——

為什麼我當時要說出這種跟豎立ＦＬＡＧ一樣的話呢……

亞梓莎・埃札瓦（相澤梓）

本書主角。一般以「高原魔女」之名為人所知。轉生成為永保十七歲容貌的長生不老魔女的女孩（？）。由於在現世過勞死的經驗，對工作條件相當敏感。

休息的時候就好好休息，不以工作過度為美德！
© Benio

萊卡

龍族女孩，高原魔女亞梓莎的徒弟。年齡大約三百歲。原本相當炫耀自己的力量，但自從被亞梓莎擊敗後就洗心革面中。一絲不苟而正經八百，思想相當前衛。

為了提升自己，想要更加努力！
© Benio

女兒找上門來

She continued destroy slime for 300 years

自從與萊卡第一次接觸後，我的安寧也受到了幾天威脅，不過風波倒也逐漸平息。

換句話說，已經習慣了兩人生活。

由於房子還十分空曠，足以確保私人時間與空間。做菜、打掃、買東西也輪流，結果十分輕鬆。

雖然師徒關係並不算對等，但以共享房間而言十分理想。

以前住在日本的時候，共享房間還算流行。

只要範圍擴大到朋友的朋友，就能拉到好多人共享。

可是從結論而言，經常有人說「共享房間很難相處」。

首先，與價值觀天差地遠的人一起生活很累。

還有，也很難掌握距離感。

聽說有些室友連雞毛蒜皮的小事都傳郵件或ＬＩＮＥ，而且只要稍微忽略，就會沒頭沒腦飆罵一頓，最後氣得搬出去。

還有，與缺乏常識和公共道德的人生活也很痛苦。

跟明明輪流打掃，卻每次都偷懶的人生活很難過。就算幫對方打掃所付出的勞力不多，但為何自己活該倒楣的心理傷害可不小。

另外還聽過不少鬧出糾紛的案例，因此我有很長一段時間，至少超過三百年，認為獨居才是最強的。

但如果與善解人意的對象共享房間，倒是可以接受。

我透過與萊卡的生活，感受到這一點。

萊卡也每天告訴我「從亞梓莎大人身上可以學習許多事情」，肯定有意義吧。

雖然很懷疑我究竟向萊卡提供了什麼，但優秀的徒弟會自己發現師傅的優點。

此外，有些小地方略有幫助。

我並未直接確認過，不過「高原魔女擊敗了龍」這件事似乎最少已經傳遍了南堤爾州。

據說連收龍為徒的事情都傳開了。

原以為前來踢館的人會增加，但好像剛好相反。

因為明顯認為自己贏不了龍的冒險家，從一開始就放棄了挑戰。

也因此我享受十分平穩的生活。

在萊卡打掃的日子等閒暇，還能利用來閱讀魔法書。
甚至足以回想起我前世的記憶。
也就是媽媽在打掃之類的家事途中，躲在房間內躺到床上看漫畫或雜誌。
這才是連社畜的我都能擺脫工作的安逸時光——「回老家」。
透過共享房間，接近當年幸福的時光竟然一天天實現了！
由於我之前一直獨居，長久以來一直忘記這種快樂。
哎呀，真是太爽了，共享房間萬歲！
當然，輪到我值日的時候會打掃。身為師傅可不會耍大牌。
應該說，我還知道自己沒有了不起到可以耍大牌。
也希望讓萊卡享受類似回家時，媽媽一手包辦所有家事的感覺。
——總而言之，等級九十九一事曝光後，我倒是過得滿悠哉的。
希望和平的日子能永遠持續下去。
啊，剛才這句話是FLAG吧……
不可以許這種願望……
咚咚，咚咚。
有人敲門。
究竟是誰啊？

沒什麼人類會經常來到這個家吧。
「需要我去應門嗎？」
「不，萊卡妳打掃吧，由我來。」
闔上魔法書後，我前往玄關。
開門一瞧，只見藍色頭髮的女孩站在面前。
年齡大約十歲吧。
記得即使在異世界，也沒見過幾個藍色頭髮的人。
表情十分開朗，應該說炯炯有神的眼睛凝視著我。
至少不像迷路小孩。
「妳好，有什麼事嗎？」
由於不是要求挑戰的冒險家，我的表情緩和下來。
這一帶高原十分和平，可能會有小孩跑來玩吧。
「終於遇見了！法露法好開心喔！」
什麼？難道我也受到孩子們歡迎嗎？
「遇見媽媽好開心喔！」
我當場變成石頭。

© Benio

附帶一提，不是哪個人施放了石化魔法，而是一種比喻。

媽媽？這女孩剛才喊我媽媽？

「這個……我不是妳的媽媽喔？妳的媽媽肯定是別人吧？」

「咦～？不是的，媽媽就是法露法的媽媽喔。法露法很清楚呢。」

目前上演的戲碼是第一次見面的女孩喊我媽媽。

還好她不是在村裡喊我，否則一定會傳出奇怪的流言，而且在村裡一定迅速傳開。

附帶一提，我在這個世界三百年之內，從未認真談過戀愛。

原因很明確。

既是魔女又長生不老的我，就算與任何人墜入情網，對方一定會先老死。

看著村民老死已經很難受，如果是交往的對象，肯定更加難過。

因此我刻意提醒自己不要墜入情網。

絕對不是因為不受歡迎才沒談過戀愛。

還有，幾乎沒有村民與我產生交集。

在村民眼中，從出生就受到彷彿守護神般的魔女保護，是畏懼與敬意的對象，總不可能墜入情網吧。

因此我一直過著與情慾無緣的生活。

當然，也沒有小孩。

「妳說，妳的名字叫法露法對吧？」

「嗯，法露法喔。」

「法露法小妹妹，媽媽是生下法露法、養育法露法長大的人喔。不可以稱呼其他女性為媽媽喔。」

「沒這回事。因為法露法是媽媽生的嘛。」

肯定只是她對媽媽的定義與世間不太一樣。

…………

天啊，這可傷腦筋了…………

不管再怎麼說，生過女兒怎麼可能忘記。

「亞梓莎大人，究竟是哪位登門拜訪呢。」

可能應門時間太久，看似中斷打掃的萊卡前來。

「法露法，前來找媽媽了。」

「亞梓莎大人，原來您有小孩了啊！」

「沒、沒有啦，是這孩子弄錯了。」

「法露法沒有弄錯喔。」

「難道亞梓莎大人是繼母嗎？」

資訊太過錯綜複雜，我開始混亂了……

雖然早就有冒險家上門「踢館」的心理準備，但這次的考驗也太嶄新了。

「法露法還知道媽媽叫做高原魔女喔，因為是妹妹調查的嘛。」

「原來還有妹妹喔！」

看來我至少是兩個女兒的媽媽，這到底是怎麼回事……

「還有喔，妹妹想要取媽媽的命，心想應該通知媽媽，所以才跑來的。」

「居然還要我的命!?」

怎麼突然變成了懸疑片……

「法露法不希望媽媽死掉，才會搶先妹妹一步來警告。」

不知不覺中，名叫法露法的女孩表情愈來愈僵硬。

看起來既不像開玩笑，也不像擅長撒謊的人。

「亞梓莎大人，先讓這女孩進來，好好問個明白吧。」

萊卡說得沒錯，再怎麼說這件事都太詭異了。

「法露法妹妹，我端點心給妳吃。進來吧。」

「嗯！法露法要吃點心！」

「取而代之，剛才的事情能不能詳細告訴我呢。」

「嗯！好！」

法露法活力十足地點點頭。
總覺得和我小時候有幾分——不，其實一點也不像。

餅乾有我兩天前做好的，我讓萊卡幫忙準備。
這段期間我在客廳繼續和這女孩交談。
「法露法的妹妹叫什麼名字呢？」
「夏露夏喔。」
「夏露夏妹妹也是我的女兒嗎？」
「嗯，沒錯。」
這樣簡直是審問嘛，不過畢竟事關性命呢。
目前得知的事情如下：
我還有一個叫夏露夏的女兒，而且那女孩想要我的命。
換句話說，等於還對她一無所知，得多打聽一點資訊才行。
「夏露夏妹妹為什麼想要我的命呢？」
「應該是恨媽媽吧，肯定是被殺死的恨意。」
真是奇怪。
幻想風慢活一下子變成類似科幻作品的劇情。

有個不記得自己生過的女兒，而且女兒因為自己被殺，正準備找我復仇。該怎麼合理解釋這種異常情況呢？

這時候，萊卡端著盛裝餅乾的盤子前來。

法露法妹妹喊著「哇～是餅乾呢～！」迅速天真地開動。

「剛才兩位的聲音我也聽到了。總之應該先自保，以免名叫夏露夏的人物攻擊。」

「優先順序確實是這樣。」

事後再來查明敵人的真面目。

「法露法妹妹，知道夏露夏那女孩會怎麼攻擊嗎？」

「夏露夏修練破邪魔法很久、很～久了喔。」

破邪是僅針對特定種族，發揮強大力量的魔法。

比方讓人類、半獸人或妖精等種族攻擊無效，甚至反過來造成傷害。

會學習這種魔法的，多半具備類似特定種族專門暗殺者的身分，例如獨眼巨人殺手、滅靈者之類。

此外，破邪限縮的對象愈狹窄，威力就愈強，反而對象愈多就愈弱。比方說像「破邪〈**生物**〉」就幾乎沒有效果。雖然應該也沒人會學這種魔法。

「破邪魔法嗎？據說連高等術士都要花費幾十年才能成功呢。」

萊卡的意思我也聽得懂。

這也是為何會有特定種族的專門暗殺者。

因為學會所耗費的時間過多，轉職不易。

所以如果年齡和外表一致，代表破邪魔法的威力也不過爾爾——但我和萊卡都活了三百年，因此不能太樂觀。

「夏露夏妹妹大約活了幾年呢？」

「這個呢～大約五十年吧？」

看似沒什麼自信，法露法歪著頭表示。

不過，這樣我就大約察覺了。

敵人是長生不老，或類似的種族。

這麼一來，有可能是實力不容小覷的術士。

可是要怎麼對我施放破邪魔法？破邪〈**人類**〉？還是破邪〈**不死者**〉？

「夏露夏肯定就快來了。媽媽，小心一點。」

一邊吃著餅乾一邊警告的法露法，話才剛說完。

喀噠喀噠喀噠——窗戶玻璃跟著晃動。

外面好像有什麼非常可怕的東西！

「我去外面看看。」

心中帶著不安，我來到外頭一瞧。

萊卡與法露法也跟著走出屋外。

高原後方站著一名看似法露法的少女。

不過頭髮為淡綠色，而且身子略為飄浮在空中。

「終於找到妳了，高原魔女……」

女孩以清晰可聞的聲音開口。

「夏露夏！不可以欺負媽媽！」

既然法露法這麼說，代表那女孩就是夏露夏沒錯。

「姊姊妳閉嘴，夏露夏要報被殺死的仇恨。」

她果然宣稱自己被殺過。

「妳叫夏露夏妹妹吧？雖然我覺得不可能殺過妳，但這是怎麼回事？」

結果夏露夏哼了一聲。

「妳知道妳殺了多少史萊姆嗎？」

咦？怎麼會突然提到史萊姆？

「我們姊妹是被妳殺死的史萊姆之魂聚集而誕生，也就是史萊姆的妖精！」

「史萊姆的妖精！！！！！」

火炎妖精或水妖精我倒聽過，但史萊姆有妖精嗎!?

「沒錯，因為妳在這片土地殺害了無數史萊姆，細小的靈魂累積過多，導致出現史萊姆妖精這種前所未有的類型！這就是我們姊妹的由來！」

夏露夏的語氣充滿控訴。

「所以夏露夏的身體裡，也寄宿著妳奪走的無數生命產生的怒火……夏露夏要來糾正傾斜的天平……」

原本以為不可能遭到史萊姆報復，想不到沒這回事啊……

我的仇恨值好高……

「來，一決勝負吧。夏露夏要殺了妳，供養史萊姆。」

「要供養，史萊姆的靈魂聚集起來不就變成妳了嗎……？」

某種意義上算是回收？總覺得已經是進行式了……

「少囉嗦，少囉嗦！放馬過來吧。」

與其說氣得沖昏頭，她的表情看起來更像賭氣。但毫無疑問，她已經完全準備好動手。

「亞梓莎大人，先施放龍捲風之類，見機行事如何？」

萊卡如此提議。

「反正敵人是妖精，不至於死在小小的龍捲風上。」

「也對，那就試試看吧……」

於是我往前伸出手。

朝夏露夏發動龍捲風。

可是——

「龍捲風，消失吧。」

夏露夏如此命令，龍捲風真的消失無蹤。

「夏露夏透過長年修行，學會了破邪〈**高原魔女**〉這項魔法。所以絕對不會輸給妳。」

「妳、妳、妳說什麼——！」

對、對啊……破邪魔法的範圍越狹窄，力量就愈強。如果真有限定我為目標的魔法，力量肯定也相當驚人。

問題是有可能以第一次見面的對手為目標，學習魔法嗎……

「身為史萊姆妖精的我們，知道自己怎麼誕生於世界上。所以妹妹夏露夏調查史萊姆大量遭到狩獵的場所，找到了媽媽。撿起掉落頭髮之類，準備了破邪魔法的必須材料。」

法露法告訴我。

道理與為了詛咒他人，將頭髮塞進人偶一樣吧……

「法露法原本想更早見到媽媽，但夏露夏說不可以去找仇人……可是夏露夏的破邪魔法如果完成，這樣下去肯定不好，所以才跑來的。」

「法露法妹妹真是好孩子啊！」

「因為媽媽就是法露法的媽媽嘛。」

雖然有點拗口，但她們是因為我才誕生的，所以也可以叫我媽媽吧……

難道因為我狩獵史萊姆的數量過於異常，才演變成這樣嗎？

「附帶一提，難道法露法不恨我嗎？」

「法露法是史萊姆的靈魂聚集而誕生的妖精，但從誕生以來就與媽媽感情很好喔。」

拜託，開始刺激母性本能了啊。

法露法真是好孩子耶。

可是現在沒時間顧慮這一點。

眼看夏露夏一點一點接近。

「真是神奇。夏露夏明明與姊姊同時誕生，為什麼個性會差這麼多呢？夏露夏無法原諒高原魔女。」

凶惡的氣氛逐漸擴散。

「老實說，破邪〈**高原魔女**〉是極為特殊的魔法，瑪那消耗量也非同小可。即使注入五十年份的瑪那，也只能維持幾個小時。而這一切都是為了這一天。」

效率也太差了吧！

「還有更普通的生活方法吧！應該說她之前一直隱忍，等到這一刻才復仇嗎……？」

「夏露夏從狩獵史萊姆的速度得知，早在自己誕生的五十年前，妳就已經是最強等級的魔女了。所以才研發專用魔法，一直累積瑪那。」

熱情傾注的方向顯然有問題。

「任何魔法都儘管使用，夏露夏會讓妳的所有魔法無效！」

這次我試著施放火炎魔法。

「紅炎，藍炎，黑炎啊！化為我力量的代言者吧！」

鮮紅的熾熱火炎毫不留情撲向夏露夏。

可是絲毫沒有造成傷害。火炎有如被彈開般，碰不到夏露夏的身體。

「知道破邪**〈高原魔女〉**的實力了嗎？」

臉上幾乎無表情的夏露夏，露出無畏的笑容。

「這可麻煩了……」

如果我的攻擊完全無效，那根本無法戰鬥。

所以——只能逃跑了嗎？

痛苦的時候就該逃跑。
上輩子，我就是無法逃離社畜生活，才會過勞死。
現在我可要逃跑！
而且我還會使用空中飄浮魔法。
剛才她說魔法只能維持幾個小時，代表對付她的方法是，逃跑到時間到即可！
於是我讓身體飄浮在空中。
可是大約飄到距離地面十公尺時——
「魔法，消失吧。」
夏露夏一低喃，我頓時啪噠一聲跌落地面。
腳震得好麻。
「真是危險……如果不是等級九十九的魔女，可能早就骨折了……」
「夏露夏不會讓妳逃跑。會以妳殺害史萊姆的方式要妳的命。」
眼看夏露夏緩緩走進。
看來……是該認命的時候了……？
就算已經等級九十九，還是無法贏過專門為了擊敗我而特化的最終兵器嗎？
而且我都活了三百年呢。
「法露法妹妹，臨終的時候能遇見妳，我很高興。」

我緊緊摟住就在身旁的法露法。

緊抱女兒之後迎向死亡，也相當感人肺腑呢。

「媽媽！不要說這種話！和法露法一起想辦法吧！」

法露法妹妹大喊。抱歉喔，不過我可能熬不過這一關了。

「亞梓莎大人！這裡就交給我吧！」

萊卡也十分拚命。

「謝謝妳，萊卡妳是我自豪的徒弟。煎蛋包很美味……」

「不要緊！吾等會贏的！」

「別這樣……妳根本沒辦法贏他。萊卡妳也會受傷的！」

「那女孩說得沒錯。夏露夏滿腦只想著殺死高原魔女。既然她沒有攻擊其他人的打算，那就趕快逃跑吧。」

我想起以前看過的恐怖電影。

宛如機械結構的暗殺者一步步接近，就像現在……

可是也太慢了吧。她始終不肯一口氣分出勝負。

「妹妹的腳步很慢。」

法露法妹妹說。

「那不是用跑的就能逃走了嗎……？」

這句話萊卡似乎聽到了。
只見萊卡從少女的外表恢復成龍。
然後與夏露夏正面對峙。
「我不會讓妳再往前一步！」
「給我讓開，龍。」
夏露夏回答的聲音十分冰冷。
「休想！我有保護師傅的義務！」
「別這樣！很危險啊，萊卡！」
僅以臉望向這裡的萊卡，面露微笑。
「放心吧。亞梓莎大人，吾人馬上就會追上的，請您趕快逃吧！」
「這死亡ＦＬＡＧ也太大了吧！」
就說不行了啦！絕對追不上來的啦！
「其實下個月，姊姊要結婚了。吾人還得參加結婚典禮呢。」
「為什麼ＦＬＡＧ愈來愈多了啊！」
「亞梓莎大人由吾人來保護！接招吧！龍連踢！」
萊卡朝夏露夏使出好幾記踢腿。
不行了……肯定會遭到反撲……

但夏露夏並未反擊。

「嗚……好痛……好難受……」

然後倒地。

哎呀？怎麼情況出乎意料呢。

隨後萊卡輕輕確認敵人的動靜。

「亞梓莎大人，她暈過去了，吾人贏了喔。」

「咦！這樣還能贏嗎!?」

完全偏離王道模式。

「因為妹妹夏露夏太過於特化擊敗媽媽的魔法，好像對其他對手非常脆弱。」

法露法告訴我真相。

原來如此，對身為龍族的萊卡而言，夏露夏的魔法絲毫沒有效果。

勝負揭曉後，我心想。

「夏露夏還真是……笨拙的孩子啊……」

◇

夏露夏挨了萊卡的攻擊而暈過去，我的危機暫時解除。

也不能讓她就這樣躺在地上，因此我讓她睡在家裡的空房間。為了這種時候，訪客用的床位也十分完善。

一小時後，夏露夏醒了過來。

「唔、唔嗯～這裡是哪裡……？」

「啊，夏露夏醒了！」

法露法妹妹迅速湊近。

「噢，姊姊──啊，是高原魔女！」

我和萊卡也在同一間房間。

「因為妳輸給萊卡後暈倒了，才先讓妳躺在這裡。」

「多餘的同情害妳運氣到了盡頭，夏露夏可是有破邪〈**高原魔女**〉這種魔法──」

「因為妳耗盡了瑪那，幾十年之內都無法使用喔。」

夏露夏頓時臉色發青。看來是察覺魔法沒有發動吧。

這些事情我也問過姊姊法露法，確認過了。

若是她還能使用一小時，可就傷腦筋了。

「怎、怎麼會……夏露夏之前的人生到底是怎麼回事……」

咦？力量怎麼……」

「我怎麼知道。只為了復仇而活的人生實在很悲慘，才會變成這樣。反而幸好我還活著呢。」

「這、這是什麼意思……？」

「如果我死掉，妳不是就沒有活下去的意義了嗎？只有我繼續活著，才能將報仇當成目標啊。」

其實我覺得這番積極思考的發言有些硬拗，但夏露夏似乎相當認真地接受。

「也可以這麼說……」

「沒錯吧。」

看來似乎順利說服了。

夏露夏看向手臂。

上頭包著代替貼布的草藥。

「媽媽她對藥物非常熟悉呢！」

「因為妳和萊卡對戰過後受了傷，應該會以正常下將近兩倍的速度恢復，只是我不清楚史萊姆妖精的恢復速度。」

「高原魔女，竟然還特地這麼做……」

「魔女的工作就是調配各種草藥，既然有人受傷，當然要治療。」

「可、可是這對魔女又沒有任何好處。」

這孩子真是什麼都愛問呢。

「因為我可是誕生妳們的母親，怎麼能對妳們棄之不顧呢。」
不，就算不是父母，看到孩童倒下也會幫助。實際年齡在這種情況就無視吧。
正因為是母親，才應該這麼說。
夏露夏的眼睛不知為何噙著淚水。
「要、要說妳是媽媽也不是不行，可是……史、史萊姆的仇恨……」
法露法妹妹牽起夏露夏的手。
「夏露夏，別再堅持下去了啦。」
「姊姊……」
「史萊姆與人類大打出手也沒什麼意義。目前史萊姆依然在全世界遭到狩獵，就算沒有了媽媽，這個事實依然不會改變。」
我狩獵的史萊姆數量，放眼全世界來看確實微不足道……
「更重要的是，想想妳們兩人如何過得幸福吧。這樣比較開心不是嗎？」
夏露夏點頭同意這番話。
雖然很孩子氣，但是法露法有盡到姊姊的責任呢。
「亞梓莎大人，看來事情落幕了呢。」
在一旁目睹一切經過的萊卡，似乎也鬆了口氣。
「也對，還以為這次真的在劫難逃……」

「啊，對了，亞梓莎大人。吾人製作的煎蛋包等料理，如果分成四份，應該正好適合食量一般的人吧。」

這段話露骨地顯示「四人一起用餐吧」。

「不過，萊卡，分成四份妳就不夠吃了吧……？」

「吾、吾人會追加製作……」

好，我就接受她的好意吧。

我靠近兩名女兒。

「還有空的房間，妳們可以住在這裡。應該說，就住下來吧。」

況且她們兩人以前在哪裡，過著什麼生活是團謎，不過以後再慢慢問就好。

「嗯！法露法想和媽媽住在一起！」

姊姊倒是沒有問題。

至於妹妹，該怎麼辦呢。

夏露夏似乎還在猶豫——

「高原魔女……」

「不可以叫我高原魔女。要喊家人的稱呼。」

不久，夏露夏的視線從我身上移開——

「…………媽、媽媽。」

——喊了我一聲。感覺有種反抗期。
「夏露夏也可以……住在一起。」
「好，那就這樣決定囉。今天就來開宴會吧！」
為了加深感情，總之先開宴會再說。
這和很久以前不情願參加的酒會完全不同。
「我去做水果塔吧。」
「哇～！法露法最愛水果塔了！」
法露法開心地歡呼。
「那麼吾人再去煎蛋包吧。」
「哇～！法露法也最愛煎蛋包了！」
她似乎是有什麼都開心的類型。
另一方面，夏露夏似乎還繃著臉——
「媽媽……料理，我會幫忙……」
臉上依然沒有笑容地回答。
「嗯，謝謝妳。那麼就一起來下廚吧。」
老實說，我對狩獵史萊姆絲毫沒有感到罪惡意識。
而且這種論調極端一點，就變成殺死任何生物都是罪惡。

人類在絕大多數場合都會食用生物，如果要杜絕殺生，只能自我了斷。

不過這兩個孩子是狩獵史萊姆而誕生的，這麼一來我至少該扮演母親的角色，憑弔死在自己手下的史萊姆才對。

而且我單純認為，這兩個孩子需要母親。

光靠她們兩人多半也能活下去，但還是需要有一個能回家的地方。

在異世界過著大約三百年魔女的慢活。

持續狩獵史萊姆，卻多了雙胞胎女兒。

人生活得夠久，還真會發生各種事情呢。

家族多的慢活其實也不壞啊。

「話說史萊姆妖精可以正常用餐嗎？」

「不吃也行，要吃也行。」

視線依然望向下方的夏露夏回答。

漸漸能與她溝通了呢。

「啊……」

萊卡也露出發現自己踩到地雷的表情。

然後萊卡一臉歉意地向法露法詢問。

「這個……之後還能繼續狩獵史萊姆嗎？」

「可以啊！畢竟這也是大自然的真理呢！」
「不用那麼在意沒關係。」
既然姊妹都首肯，萊卡的修行應該可以繼續。

之後在桌上擺放料理，詢問兩個女兒許多事情。
雖說是女兒，但我對她們還有許多不了解之處。為了了解兩人，不問不行。
首先是之前居住的地方。
「森林小屋。因為和姊姊一起在森林裡誕生，因此住在無人居住的小屋。」
「還有只要前往附近的城鎮，孤兒院的院長就會給我們錢，用這些錢添購衣服和鞋子之類。」
「此外力量似乎還足以擔任冒險家，以此賺取金錢。」
「過著一個月一枚金幣的生活呢。」
兩人好像過著簡樸又充實的生活。
接著詢問兩人，史萊姆妖精究竟是什麼種族。
「其實頭髮能像觸手一樣伸長。頭髮會呈現淡綠色，也是成分類似史萊姆的緣故。」
「法露法的頭髮呈藍色，妹妹的頭髮呈綠色，也是因為妖精的關係喔。」

「除此之外沒什麼明顯特徵。由於是妖精，好像沒有壽命之分。」
「也對，兩人都是這個模樣呢。」
大概掌握兩人的性質了。
「話說妳們擔任冒險家時，都從事什麼工作？」
外表看起來不強，有能力獨自狩獵魔物嗎？
「驅逐邪惡史萊姆吧。」
什麼意思啊。
「就是說，史萊姆也分好史萊姆與壞史萊姆兩種喔。」
原來史萊姆還有善惡二元論之分喔。
「狩獵邪惡史萊姆，一隻換兩百戈爾德。」
過著與我相同的生活！
「好的史萊姆當然會放走，對夏露夏而言沒有問題。」
真是有其母必有其女呢。
雖然這兩個孩子是從史萊姆誕生的，和我肯定沒有血緣關係。
這樣就大致掌握最低底限的資訊了。
其他事情在生活中會逐漸了解吧。
「那麼，這個家裡有一些規矩。妳們要遵守喔！」

「好～！」
夏露夏沒出聲，點點頭示意。
「首先，要確實完成值日的工作。比方說打掃和整理田地。」
「好～！」
夏露夏還是僅點頭而已。
還有，僅以名字稱呼夏露夏也很奇怪，今後也當法露法是女兒，直呼名字吧。
「之後再決定值日表。其他……還有什麼事嗎？」
畢竟以前沒有養過女兒，缺乏經驗。
「對了，既然妳們從未上過學，要不要教教妳們什麼？知道怎麼寫字嗎？」
「姊姊曾經溜進鎮上學者的家中，閱讀數學論文之類。之後就與學者非常麻吉喔。」
抱歉當妳們是小孩子。
「妹妹夏露夏擅長歷史學、神學與幾何學方面喔。」
反而我應該接受她們的教育……
這樣無法維持母親的威嚴。得想個辦法才行，不然可能會被女兒輕視。
好，就讓她們見識母親受人尊敬的一面吧。
「這附近有座村子叫做弗拉塔村，明天我帶妳們過去。媽媽受過那座村子不少關照，所以妳們兩個，嘴巴要甜一點喔。」

這次兩人都點點頭。

◇

我、萊卡以及兩個女兒一同步行前往弗拉塔村。

途中，史萊姆再度阻擋去路，我輕輕一撥。

以現在的等級，輕輕一撥就足以狩獵史萊姆。

「這個，我想確認一下，真的可以狩獵史萊姆吧……？」

保險起見，我詢問女兒。

「沒關係喔，法露法本來就不在意，妹妹好像也ＯＫ了呢。」

「嗯……媽媽。」

既然得到允許，就暫時放心了。

家族成員增至四人，必須更努力收集魔法石賺錢才行。

「這裡的史萊姆很邪惡。」

「嗯，法露法也這麼認為喔！邪惡的史萊姆要消滅，才能淨化世界！」

一邊說著，兩個女兒也跟著消滅史萊姆。

「話說啊……邪不邪惡是看得出來的嗎？要怎麼區別啊……」

「看就知道了。」

說著，夏露夏突然跳進草叢內。

只聽到草叢傳出掙扎的聲音，沒多久夏露夏抓著一隻史萊姆回來。

「因為發現草叢裡躲著一隻。」

看來捕捉史萊姆的手法堪稱名人等級，不愧是史萊姆妖精。

「看，南堤爾州的史萊姆基本上顏色會更深。可是這隻顏色卻很淺。」

「呃，我頭一次聽過這種基本。」

人生中從未注意過史萊姆的顏色……

「淺色就代表遭受邪惡之心汙染，加以驅逐比較好。」

「原、原來是這樣……上了一課呢……」

「史萊姆身上有弱點的『孔』，只要一戳，史萊姆就會馬上死翹翹。」

「孔？史萊姆身上沒有孔吧。」

法露法輕輕一戳夏露夏懷裡抱著的史萊姆。

「這隻史萊姆已經死翹翹啦～！」

只見史萊姆頓時消滅。

「沒錯吧？」

總覺得正因為原本是史萊姆，才對史萊姆毫不留情呢。
「真是厲害。吾人也得學習像那樣狩獵史萊姆才行……」
「萊卡，佩服她們是妳的自由，但以正常方式狩獵也沒關係喔……？」
時髦地狩獵又不會讓經驗值增加。

就這樣一邊聊著，來到了弗拉塔村。
今天的目的是向村民介紹兩個女兒。
順便向村民解釋兩人是史萊姆妖精。
她們似乎具備一些特殊能力，最好先提醒村民。
不過事情的發展又變得有些棘手。
首先就是經過村子入口附近的蔬果店時。
「啊，媽媽，有賣好多水果呢～！」
法露法活力十足地喊。
蔬果店老闆娘聽到了喊聲。
「咦！原來魔女大人有小孩啊！而且……難道是雙胞胎嗎！」
哎，果然是這種反應……
「嗯，兩個都是女兒。不過誕生方法有點特殊。」

我告訴村民，兩人都是史萊姆妖精。

此外也想先打預防針，避免傳出我有老公的流言……

走在村子內的我，向村民介紹兩個女兒。

「哎呀，兩位千金真是可愛。」

「大約十歲吧？」

實際上差不多五十歲，但可能愈解釋愈麻煩。

問題是隱瞞也不太好，還是向村民解釋。

一開始村民露出驚訝的表情，不過總算讓村民接受「既然魔女大人都三百歲了，女兒五十歲也不足為奇呢」。

因為帶法露法與夏露夏在村裡晃，至少讓許多人記住了她們。現在村民已經會喊她們的名字打招呼了。

但好像還有許多村民分不清誰是誰。

藍色頭髮是姊姊法露法，亮綠色頭髮則是妹妹夏露夏。

附帶一提，向村民介紹兩人的同時，也反過來向兩人介紹。

向兩個女兒介紹村子。既然一起住，這裡就是我們家人的主場。

「那間是麵包店，一旁是衣服店，也同時經手古書。好好記住喔，幫忙跑腿的時候可別弄錯。」

「好～媽媽！法露法已經牢牢記住囉！」
「那從大馬路上的店家算起，能記住幾間呢？」
「從村子南側入口依序，六號是諾里艾斯鞋店，下一間是梅茨乳製品販賣處。五號在八年前還是雜貨店，現在則倒閉成為空屋。接著坎特商會販售蔬菜之類的種子，以及農業用具，前幾天老闆還閃到腰呢。」
「太詳細了吧！」
那間販售起司等乳製品的店家，原來叫梅茨乳製品販賣處啊。這三百年來我居然都不知道正式店名。即使問村民梅茨乳製品販賣處在哪裡，他們也會困惑吧。
「夏露夏記住了嗎？」
「……嗯。」
夏露夏整體而言略顯畏縮，感覺和我之間還有一點距離。
畢竟她曾主動攻擊我，之前的親子互動也等於零，某種意義上有距離感是必然的。
只要今後能逐漸化解心防就好。
我也是頭一次為人母，一下子就成為完美的母親反而奇怪。
「那麼夏露夏也可以告訴媽媽，記住村子多少情況了嗎？」
「那條有點寬的道路是舊街道，所以仔細一瞧，可以發現曾經是官道的痕跡。是舊王國時代的關卡遺跡。」

「怎麼事前完全沒說明過。」

行腳節目「閒○○摩利」嗎？

總而言之，得知兩人都相當聰明。

妖精真是特別的種族呢。活了五十年，可能不只天真浪漫吧。

「真不愧是亞梓莎大人的女兒，兩人都聰明伶俐呢。」

雖然萊卡誇讚，但這應該超越聰明伶俐的次元了。

這時候傳出「咕嚕～」的聲音。

從萊卡的肚子裡。

「不、不好意思……今天走得比平常還多，才會……」

滿臉通紅的萊卡，慌張地解釋。

不知是龍族基本上很有禮貌，還是萊卡的個性使然。也許兩者都有。

「好啦，那麼說明就到此為止，現在去吃飯吧。」

「哇～！」

「好高興喔。」

看兩人像孩子一樣感到開心，太好了。

之後，四人在餐館「凜冽大鷲」聚餐。

「媽媽，不吃芹菜不行嗎？」

「媽媽，夏露夏不太喜歡吃芹菜……」

態度讓人略為鬆了口氣。

啊，這一點果然很孩子氣呢。

「這樣好了，如果吃下去的話，等一下就可以點戚風蛋糕喔。」

兩人原本還有些煩惱，但還是下定決心，一口吃下芹菜。

「很好，吃東西不要挑食喔。」

不過還是有湯盤裡剩下芹菜。

是萊卡的盤子。

「其實，吾等一族有不能吃芹菜的規定……雖然其他的草藥即使苦也能吃……」

「萊卡，如果是真的也就罷了，但是不可以對師傅說謊喔？」

我試著拿出一點威嚴。

「非、非常抱歉！吾人會吃的！」

果然是說謊嗎。

只見萊卡閉起眼睛，將芹菜放進嘴裡。

「哦，了不起，了不起～」

法露法撫摸萊卡頭頂的雙角之間。
總覺得好像有三個女兒呢。
看得我忍不住呵呵笑。
以前就覺得外食十分開心，但今天可能是最開心的一次。
至少樂趣是一人用餐時的四倍。
「為什麼芹菜的味道是這樣呢……」
看萊卡的表情充滿苦澀，因此剩下的由我幫她吃。

三百年來，我都獨自過著慢活，但最近突然變得好熱鬧。
原因十分單純明瞭，現在變成了四人家族。
應該說，以前獨居時根本沒有對話，因此幾乎沒開過口。
轉生前過的悽慘日子，甚至只和附近的超商店員講過話。

店員「總共一百八十三圓。」
我「啊，正好有零錢。來，一百八十三圓。」
店員「這是您的收據。非常感謝您。」
我「嗯，謝謝。」

就像這樣。
以上是日本社畜時代的記憶。

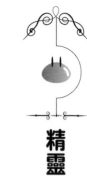

這種日子還不少，應該有不少人除了這幾句話以外就沒開過口吧。
相較於這一點，四人家族的對話就多了。
首先，光是打招呼的對象就有三人。
我現在正優雅地看著最近添購的魔法書。輪值的採購與下廚都在昨天結束，可以慵懶度過現在的時間。附帶一提，今天由萊卡負責午飯。
「欸，夏露夏，妳看！這是在田裡發現的喔！」
「真虧妳找得到呢，姊姊。」
然後我以女兒們嬉戲的聲音當成背景音樂。
這樣算是精神上也獲得滿足吧。
「這個很會飛喔！」
「啊，的確，飛得真遠呢。」
不過女兒們究竟在說什麼呢？
飛得真遠，該不會在玩紙飛機吧？可是這個世界應該沒有飛機這種概念，該不會折成了紙飛龍之類？
結果一隻蚱蜢跳到我的書本前。
原來飛得真遠是這個意思啊！
「妳們兩個！怎麼可以將蚱蜢抓到家裡面呢！」

「好～！」

「知道了，媽媽。」

這附近是草原，的確有不少蚱蜢。

可是拜託別將蚱蜢帶進家裡。

一旦跳走的話，就很難抓住放到外頭去。

「那麼要抓什麼呢？」

「夏露夏覺得可以抓兔子。」

「兔子嗎？之前法露法伸出觸手，結果被咬了一口呢。」

話說回來，好像幾乎沒見過女兒伸出觸手的模樣。

史萊姆妖精可以像觸手一樣伸長頭髮。應該說看起來像頭髮，嚴格來說卻是觸手。不需要剪頭髮這一點十分省錢。

兩個女兒都是妖精，頭腦理應十分聰明，但還是會像孩童一樣玩耍。

不知是否童心未泯，行動可能會受到容貌的影響。

機會難得，我試著觀察女兒們的互動。

「姊姊，要不要看個書？」

「嗯，夏露夏念給我聽的書很有趣，好喜歡呢～！」

「那夏露夏就念『精靈民族興亡史』第三集第五章第二節，『伏蘭特州庫拉朝代的商業政策』吧。」

也太專門了吧！

而且這種內容根本就不適合念給別人聽。

家裡原本沒有這種厚重的書籍，似乎是夏露夏私有。

夏露夏還真喜歡歷史學呢。

「庫拉朝代初代的賀朗克原本是透過水果乾交易致富的商人。不久他的私軍陣容愈來愈強，地位堪比伏蘭特州精靈的軍閥。就這樣到了四〇五年，終於自立為王。因此庫拉王朝視輸出水果乾為賺取外幣的最重要項目——」

真的開始念起專門書籍了呢……

附帶一提，剛才提到精靈這個詞，這個世界當然也有精靈。

目前沒有精靈建立的大型國家，卻有好幾個小國家以各地森林地區為根據點，並且自治權受到承認。

夏露夏提到的庫拉朝代這個類似王朝的政權，也是這一類的小國家吧。

精靈以長壽著名，有些精靈與長生不老的魔女關係良好。但我從來沒離開過這片高原，因此不認識任何精靈。

還有，高原原本就幾乎沒有精靈，因此南堤爾州幾乎沒有精靈居住。

缺乏森林也是原因之一，但精靈的規模不足以形成村落或城鎮群居。

——咚咚，咚咚。

這時傳來敲門聲。

究竟是誰呢？兩個女兒都在面前，萊卡目前正在廚房以採收的豆子煮湯。

「媽媽……需要夏露夏去應門嗎？」

「很高興妳這麼說，不過好意媽媽就心領囉。」

最壞的情況是，意圖攻擊我的傢伙找上門來。

畢竟最強魔女的話題有可能無端擴散，不能讓女兒面臨危險。

我謹慎打開門。

「請問是哪一位呢。」

只見精靈女孩淚眼汪汪站在面前。

一句話形容，身材好到誇張。

碩大的胸部與臀部。

而且精靈小姐的裙子實在好短，散發出驚人肉感。

如果我的小孩是男生，情色程度可能會教壞小孩，不能讓小孩看見。

天啊，胸部分我一點好嗎？真想說一次『胸部很重，肩膀很酸吧』看看呢。

這些感想先擱在一邊。

「請問，有什麼事嗎？」

沒想到剛聽女兒提到精靈這個詞，精靈就找上門，不過這種巧合倒是經常出現。

比方說看鎌倉的相關書籍，電視上的旅遊節目正好就介紹鎌倉。

「這個……希望妳能幫我的忙！」

精靈小姐伸手懇求，可是胸部卻夾在雙臂之間。

因此讓胸部看起來更大。這是在諷刺我嗎？

她本人似乎並未特地強調胸部，看來也不是在諷刺我。

色誘對女性的我也沒有意義，本來就是這樣。

「幫妳的忙？這附近不是沒有半獸人嗎？」

會攻擊精靈或女騎士的，就想到半獸人呢。

「不是半獸人啦！希望妳能從高等魔族別西卜的威脅下保護我！」

精靈小姐說出相當可怕的詞彙。

別西卜。

在惡魔當中位階相當高的傢伙，別名蒼蠅王。

如果在遊戲中出現的話，很適合當成最終頭目的手下。

老實說，我可不想和他交手。

啪噠。

我緩緩關上門。

結果精靈小姐立刻再度開門。

「拜託啦～！我唯一想到可能伸出援手的，就只有高原魔女小姐了啊！」

「我也不想和那麼可怕的魔物戰鬥啊！」

附帶一提，在這個世界的大陸遙遠北方是寒冷地區，生物幾乎無法棲息。

更北端的魔物中，甚至有具備智慧的種族（似乎叫做魔族）建立了類似國家的體制——聽說是。

由於太冷，普通人類無法抵達，因此詳情不得而知。

以前似乎曾經與人類國家爆發爭端，但這五百年來應該十分和平。

因此只要人類方不主動挑釁，今後依然能繼續維持安穩。

但如果與別西卜扯上關係，總覺得會威脅到和平……

「拜託妳啦～！至少聽我說說嘛～！我拜託過聚落所有人，但大家都不想惹麻煩，叫我滾出去，導致我現在走投無路……然後聽說大名鼎鼎的最強高原魔女可能有辦法……」

「我已經聽完妳的話了，可以請妳回去嗎？」

「求、求求妳幫忙嘛～！要是被別西卜盯上，絕對會沒命的……」

既然都說得這麼嚴重了，總不好鐵了心真的趕她走。

在能力所及範圍內幫助她吧。

© Benio

終究只是能力範圍內。

與魔物國家全面開戰會破壞家族四人的生活，我可不要。

「總之先告訴我原委吧。來，請進。」

看見精靈女孩的法露法與夏露夏——

「是精靈小姐耶～！」

「果然，耳朵很長。附帶一提，耳垢乾乾的是南方精靈，溼溼的則是北方精靈。」

如此表示，並且一同進入房間。

夏露夏好像很了解精靈與地理知識，讓她在場可能比較好。

「那麼首先自我介紹吧。妳應該知道別人稱呼我為高原魔女，但還是告訴妳本名。我是魔女亞梓莎·埃札瓦。」

「我來自伏蘭特州該處的一個精靈小國，名叫哈爾卡拉……」

伏蘭特州這個名稱，正好出現在夏露夏剛才在看的歷史學書籍中呢。

「我活用附近有各式草藥的優點，擔任配藥師……簡單說，職業接近魔女小姐。」

兩者壽命都很長，以植物等調配藥物，確實幾乎一樣。

此外在這種情況下，魔女與配藥師這兩種職業沒有嚴格的區別。

老實說，我自稱配藥師也沒有問題。

真要說的話，魔女還會以乾燥的野獸內臟，或是血液等動物性材料調配。

若是妖精配藥師，幾乎全採用植物系，甚至不使用特殊礦石這種礦物系材料。

不過我幾乎不使用動物性材料，因此應該非常接近配藥師。

這時候萊卡端出等同人數的香草茶。包括兩個女兒在內，共有四人份。做菜中還特地麻煩她。

「我知道妳的職業了，但為什麼配藥師會遭到別西卜追捕呢。」

即使想破了頭，還是覺得兩者連碰面都碰不到。

「其實呢，這話我說起來可能有些吹牛，但我算是收入豐厚的配藥師，還收集了很有滋補強壯功效的蘑菇與植物成分，釀製了『營養酒』這種酒呢。」

類似調和漢方藥的藥酒吧。

「我釀造的『營養酒』，疲勞時喝下去就有力氣工作，在各地廣受歡迎，爆發性熱賣。動員聚落的精靈大量生產一瓶五千戈爾德的酒，但依然供不應求。哎呀～還在聚落內建造了『營養酒』大殿呢。」

呃，自我吹捧就免了，繼續說下去吧。

「附帶一提，是這樣的東西。」

哈爾卡拉取出一個小號的瓶子。

「我手邊還有不少酒，這瓶可以請妳喝。帶著大量酒逃跑是很辛苦，但只要喝了酒就能熬過當天呢。」

不論外觀，以及聽她的敘述，根本就是蠻○之類的營養飲料吧……

這種東西我以前也常喝，因此聽起來真刺耳……

長時間加班時就灌一瓶……

「名聲愈傳愈廣，『營養酒』還賣到遠方去。結果卻出現了意料之外的使用者……」

哈爾卡拉小姐抱著頭。

「名叫高等魔族別西卜的人，與其說人，其實是魔族呢……這一位好像買了酒喝……」

「喝了會怎麼樣呢？」

「能讓人類或精靈產生幹勁，湧現體力，但對魔族似乎有毒……飲用後十分鐘會暈倒，然後直接發高燒，一不小心就會進地獄……」

高等魔族進地獄好像也沒什麼問題，但似乎不是這樣。

「換句話說，招致了逃過一劫的別西卜怨恨吧。」

「沒錯！好像怒氣沖沖表示，絕對要宰了製作這種毒藥的傢伙……還在人類與精靈居住的土地上散布以魔族語寫的懸賞單……」

然後她掏出一張紙，但我沒學過魔族語，完全看不懂。

「一點點的話，倒是看得懂。」

這時夏露夏探過頭來。

「請將，釀造『營養酒』，這種酒的女人，抓來，贈送，豪華的，獎賞——只看單字的話，上頭寫著這樣的內容。」

夏露夏不愧是博學多聞。

從單字來看，確實像是懸賞單。

「工作人員都嚇得逃跑，更嚴重的是，還禁止我待在聚落……所以我才來找魔女小姐求救……拜託妳！救救我吧！」

哈爾卡拉小姐站起身，跪地懇求我。

「我知道妳有麻煩……可是這件事一不小心，會不會與魔族爆發全面戰爭……？」

不管再怎麼說。這我可承受不起……

「這個……不論是精靈，或是聚落所在的州，似乎都察覺危險，認為將精靈配藥師交出去比較好……所以我沒有容身之處了！」

不只無家可歸，還淪為罪犯……

要說可憐確實可憐。

「精靈姊姊，好可憐……」

「無家可歸，看著好心酸……」

兩個女兒也表示感同身受。

這樣總不好趕走她，會對女兒立下壞榜樣。
但我可不希望為了她與別西卜大打出手。
不僅可能害女兒與萊卡陷入危險，況且我再怎麼強，個人對抗組織或國家終究有極限。
得想辦法讓雙方都有臺階下。
『呼～』一聲，我嘆了口氣。
「我知道了，那我就幫助妳吧。」
「真是太感謝妳了～！」
哈爾卡拉小姐直接摟住我。這個人的身體接觸有些過頭了……
「不過我也不想與別西卜交手，所以妳就躲在這個家吧。等風頭過了再看看情況。」
只要別讓人發現她躲在這裡，總會有辦法的吧。
「意思是說，要我別離開這棟建築物嗎……？」
「不，不用這麼徹底沒關係，但身分曝光可就麻煩了。使用假名，或是變裝吧。」
幸好，這個人的職業與我相近。
而且還是長壽的精靈，待在我這個魔女的家中也沒什麼異樣。
我從房間拿出一件平時沒在穿的長袍。

「外出時就披這件長袍。妳是我高原魔女亞梓莎的第二名徒弟。」
就這樣，我收這名逃犯為冒牌徒弟。
另外，我穿得下的長袍——
「不好意思，尺寸有點小……」
胸部與屁股撐得緊緊的，實在很不知羞恥。
看來只能到村子去，請人做一件了……

◇

隔天。
我特別早起床。
首先做的事情，就是布下籠罩高原之家的結界。
既然哈爾卡拉小姐能逃到這裡來，代表行蹤沒有暴露。不過保險起見，還是先加強防禦。
「內心邪惡之人，受困於此網中失去自由吧。此網宛如具備意識，會籠罩於邪惡之人身上……喝啊——好，做得還不錯呢。」
比在村子布下結界輕鬆許多。畢竟規模差太多了。

然後製作全家人享用的午餐三明治。

原因是今天輪到我負責下廚。附帶一提，早餐直接利用萊卡昨天開伙後的剩菜，不對，應該說重新調理。

以值日規則而言，可以利用前一天剩下的菜餚，不過禁止完全不煮新菜。因此同時煮雜糧草藥湯與三明治。

這對健康很有幫助，還能治療臉水腫。

起先因為草藥味道獨特，兩個女兒不願意吃，但現在漸漸習慣了。

有些人一開始不喜歡香菜，後來卻逐漸愛上香菜的味道，草藥也有不少相同例子。味道很重，卻能讓人上癮。

附帶一提，即使長生不老或是妖精，不良的飲食習慣還是會導致身體不適，因此注重健康很重要。

至於為什麼一大早要準備午餐，是因為上午要出門。

早上去採摘草藥。採摘草藥本身是工作，不過今天有些特別。

正好來了熟悉草藥的精靈小姐，想和她一起調配藥物。

而且明明收她為徒，卻連徒弟會調配什麼藥物都不知道，這樣也不自然。

不久後萊卡起床，隨後夏露夏與法露法也揉著惺忪的睡眼出現。似乎總是夏露夏先起床，然後叫醒姊姊法露法。

「早安……」

最後起床的是哈爾卡拉小姐。

正好在我餐點大致上準備完畢時。

包括我在內，大家不斷向彼此問候「早啊」、「早安」。

「好久沒有在床上好好睡一覺，真的好高興……感謝您……」

「知道了啦，這種事情是互相的。啊，對了，從今天開始要徹底扮演我的徒弟喔。至於稱謂呢，我是以平輩的語氣，就這樣吧。」

「啊，好的，當然，沒問題。直接稱呼名字也沒關係，師傅大人！」

「師傅大人嗎……反正沒叫錯，就這樣吧。」

然後哈爾卡拉小姐也就座用餐。

過了一會兒，哈爾卡拉小姐不知為何開始「嗚、嗚……」地啜泣。

「請問，怎麼了嗎……？」

「以前忙於工作的時候老是吃外面，自從被通緝後就以森林的樹果充飢……好久沒有像這樣圍坐在溫暖的餐桌前用餐了……」

哭著哭著，哈爾卡拉小姐略微弓起身子，從背影看得出來吃了不少苦。

天啊，以前在日本也看過這種人……

雖然商業上獲得成功，沒多久卻衰落，生活陷入困境……

哈爾卡拉小姐的情況與經商失敗不太一樣，但目前確實正跌入谷底。必須有人伸出援手才行，否則她會沒命。

盡自己能力所能幫助她吧。

「哈爾卡拉小姐，打起精神吧～」

法露法特地繞到哈爾卡拉小姐座位後方拍拍肩膀。真是乖孩子。

「噢，妳是法露法妹妹吧？謝謝妳的鼓勵……」

聽得哈爾卡拉小姐感動地道謝。

「早知道會變成這樣，就不該擴大業務……謹小慎微在自己居住的州內賣藥就好……」

擴大業務卻適得其反——果然很像企業的失敗案例。

「好了好了，繼續耿耿於懷也無濟於事，想想今後該怎麼辦吧。」

這時我拍了拍手。

「吃過飯後，就到附近的森林採摘草藥吧。讓我見識一下哈爾卡拉妳的本事，其他三人待在家裡喔。」

「我、我知道了，師傅大人！」

「還有，午餐我已經準備了三明治，萊卡妳們就吃吧。」

「好的，亞梓莎大人。還有，吾人也會調查一下別西卜的來歷。」

「嗯，拜託妳囉。」

準備永遠不嫌多。

「另外，雖然應該還不至於，但如果敵人真的來襲，法露法與夏露夏就拜託妳囉。」

「沒問題，即使拚上吾人的性命！」

「沒有啦，萊卡也要保護自己的性命。如果發生什麼事，可以告訴對方我在哪裡。」

在這個世界居住了三百年，從未聽過魔族這種高智能高等魔物會對人類做出殘暴行為，應該不會不分青紅皂白攻擊，但防禦嚴密一點絕對有益無害。

「雖然太過樂觀不是好事，不過沒聽說哈爾卡拉小姐的相關人物遭到襲擊，因此很可能不至於連兩位女兒也受到攻擊。」

「嗯，希望真是如此。」

能防範的都先防範了，於是我和哈爾卡拉出發前往森林。

附帶一提，哈爾卡拉的衣服還是十分緊繃。

「我說啊……有人說過妳的發育很好嗎……？」

太直截了當的形容詞有性騷擾的嫌疑，我用比較中性的方式描述。

正因為難以啟齒，所以才要趁早問個明白。

「一年大約七百五十次，老是有人說我的身體很煽情。」
「一天居然兩次！」
「我以前居住的州，精靈大多十分苗條，因此我特別顯眼。其實我早就習慣了，所以可以不用太在意我。」
「原來是這樣……」
「由於不希望別人一直盯著身體瞧，我才成為配藥師努力拿出成績。生意確實興隆，賣了不少藥，結果卻落得一場空，遭到別西卜追捕……唉……」
人生果然無法事事如願……
一邊聊著，我們抵達了森林。

我們迅速彎下腰來，開始採集植物。
將採集的植物放進簍子內。簍子還能背在背上，十分方便。
不過這次我的目的，主要是看哈爾卡拉工作的模樣。
我少採一點也無傷大雅，其實根本就是附帶的。
如果她使用我沒有用過的植物，還希望她能教教我。
同行彼此的交流並不常有，如果能交換資訊就更好了。
比起草，哈爾卡拉的視線似乎更集中在樹木等地面。

「啊~有了，找到了。」

然後她採摘長在樹根部的蘑菇。

還有長在地面上的蘑菇。

以及撥開草皮後，隱藏在其中的蘑菇。

甚至顏色鮮豔，乍看之下好像有毒的可怕蘑菇。

「居然光採集這種蘑菇啊！」

我當然也用過蘑菇，但沒有這麼徹底摘過。實際上，哈爾卡拉的採收物中都混著我一直無視的蘑菇。

「我的擅長領域是蘑菇。附帶一提，始終是藥用蘑菇喔。因為其中有毒蘑菇直接食用很危險。」

「藥用的確也會使用類似有毒的成分呢。」

「這裡與我的故鄉氣候有差異，蘑菇的種類也大不相同。很有收穫的成就感喔！」

之後哈爾卡拉依然以蘑菇為重點，應該說只採摘蘑菇。

與其說配藥師，其實更像蘑菇研究家。

「這是拂曉大王菇，那是大丸菇。居然還有滾鼠菇呢！」

許多菇類倒不是沒聽過名稱，卻從來沒有當過藥材。

話說回來，魔女調配藥物好像也有地區性。

生長的植物不同，其實這是當然的。
此外，雖然對我而言一點也不危險，但森林內也有魔物出沒。
一旦出現可能襲擊哈爾卡拉的魔物，我就會加以排除，收集魔法石。
從中途變成哈爾卡拉的蘑菇講座。
由於可以當作今後的參考，因此我認真聆聽。
「這種蘑菇有毒喔。」
「嗯，我知道。外觀太鮮紅了，很可疑。」
「其實這種蘑菇，充分煮熟後毒性就會分解而消失呢！如此一來，就可以當成美味的蘑菇端上桌喔！」
「咦？還有這種方法啊？」
「附帶一提，老饕享用時會刻意留下一點毒性。吃了之後感覺輕飄飄，似乎很舒服呢。」
看來到處都有不要命的人呢。
「這種圓滾滾菇很小，因此幾乎不受人重視。但其實口感很有趣，炒菜時加一點能畫龍點睛喔。」
「咦，連這種都可以吃啊？附近的村子都不吃喔。」
「畢竟這種東西吃不飽，可能確實不太當成商品出售吧。」

聽蘑菇名人指點不少知識，一下子就到了中午。
果然有專家在，才知道這個稀鬆平常的世界裡還有許多未知的事物。
透過專家的眼睛，世界看起來不一樣。確實上了寶貴的一課。
還有，增加了幾種蘑菇料理菜單。下次煮給女兒與萊卡嘗嘗看。

「想不到這次採摘草藥會如此刺激呢。謝謝妳！」
收穫真的比想像中還多，好感激哈爾卡拉。
「不會，只要您能感到開心就太好了。況且這裡也有許多我不知道的草藥，下次也請師傅大人指點我草藥的知識喔。」
關於植物的知識，我的確有在地優勢，懂得比哈爾卡拉更詳細。
即使是精靈，關於藥物的知識也不是完美無缺。
自己居住的土地上沒有的植物，知識畢竟有限。
「還有，魔物出現時師傅大人還會幫忙狩獵呢！原來師傅超級強的傳聞是真的呢！」
「若是這座森林出沒的魔物，就交給我吧。」
等級九十九可不是白叫的。
不可能輸給森林裡出現的小嘍囉。

雖然只狩獵過史萊姆與巨大的兔子怪，但哈爾卡拉即使只面對兔子怪，都顯得相當慌張。

「那麼就來吃午餐吧，我帶來了三明治。」

是早起製作的三明治。

「太感謝您了！不過一直受到師傅大人的照顧，讓我也展現一手料理本事吧！」

說著，哈爾卡拉取出網子和類似在日本叫做酒精燈的東西。

好像想起很久以前做過的理化實驗。

將這些東西設置在平坦的石頭上。要做簡易BBQ之類的嗎？

「每逢採摘蘑菇的日子，我很喜歡像這樣以網子烤可以食用的蘑菇喔！一旁正好有條小溪，可以清洗蘑菇沾到的泥土，地理位置真是太棒了！」

「蘑菇嗎？看起來確實很美味，但可別混入毒菇喔。」

哈爾卡拉拍了一下胸口。

「放心吧！我的蘑菇知識是完美的！」

那就相信專家的知識吧。

燒烤蘑菇的期間，我們吃著事先做好的三明治等待。

「哦，小的蘑菇烤好了喔！」

只見哈爾卡拉取出裝了某種黑色醬汁的瓶子。

「這種醬汁叫作艾爾文，是精靈飲食生活中常見的調味料，精靈這個詞甚至直接成為這種醬汁的語源呢。」

將醬汁淋在烤好的蘑菇上。

蘑菇隨即發出『嘶嘶～』的聲音，確實十分勾引食慾。

水分從蘑菇適當地散發，甚至還累積在菌傘中形成湯汁。

咦，這種香味怎麼有點像醬油!?

「艾爾文是以好幾種豆子發酵而成。這股好味道值得推廣到全國各地，可惜產量並不多。」

果然是醬油的親戚！

以叉子叉起烤好的蘑菇。

由於很燙，吹了幾口氣之後再放進嘴裡——

「嘩——！這真是好吃！」

簡單就是最好的！太棒了！

而且艾爾文的味道接近醬油。

氣味比醬油強烈，但應該是發酵方式的關係。

「天啊，好想喝酒！要是有酒就真的太棒了！」

為什麼現在沒有啤酒呢！真想脫口這麼說呢。附帶一提，這個世界有類似啤酒的酒精飲料。

「來，多吃一點吧！每一種蘑菇的口感都不一樣呢！」

想不到能在森林裡舉辦蘑菇宴會。

每一種蘑菇都很有個性，完全吃不膩。

吃著吃著，感覺快成為品菇師了。

「還有許多實用蘑菇喔，接下來嘗嘗蠅傘虹色菇吧～」

哈爾卡拉不斷烤著各式各樣的蘑菇。

顏色種類也相當豐富，讓人感受到原來森林裡如此多采多姿。

「話說回來，竟然有這麼多可食用蘑菇，真是盲點啊。森林可是食材的寶庫呢。」

「對啊，精靈可不是白住在森林裡的喔。不只能配藥，還能食用！呵呵呵呵！」

哈爾卡拉的情緒也愈來愈興奮。

在野外生火確實有祭典的感覺。

「我希望能教導村民如何最大限度地活用森林的恩惠，所以請多多指教囉！呵呵呵呵！」

「真是好主意！大家肯定會很開心的！」

由於我們沒有酒，以水壺相碰代替乾杯。

「還得讓女兒與萊卡她們體驗一番。告訴她們蘑菇的可能性才行。」

「嗯，憑藉我的知識，這點小事隨時都可以負責嚮導喔！呵呵呵呵呵呵呵呵！」
「拜託，哈爾卡拉，笑太大聲了～」
「真的耶～我也覺得笑太大聲了喔～可是停不下來嘛～呵呵呵呵呵！」
咦？
停不下來是什麼意思……？
「呃，哈爾卡拉……妳該不會，吃了毒菇吧？」
「我可是蘑菇博士喔，怎麼會不懂蘑菇的知識呢～這是褐色暗蘑菇吧～而這是鮮紅女兒菇～這個則是有毒的牛微笑菇吧～」
「顯然有毒菇嘛！」
「哎呀…………？」
哈爾卡拉靜止了一會兒。
「哎呀～對喔，對喔。我雖然具備知識，但區分太粗枝大葉了，不小心將毒蘑菇混入可食用蘑菇了～呵呵呵呵呵呵！」
「就算具備知識，也沒有活用嘛！」
原來如此，粗枝大葉的個性凌駕了知識！
「應該說，吃了毒菇沒問題嗎？是不是吐出來比較好……？」
「噢，這個只會發笑，沒有問題啦～只會大約笑一個小時～呵呵呵呵～」

她的笑聲並非哈哈大笑，而是類似微笑的『呵呵呵呵』，聽起來反而更詭異。畢竟名字叫作牛微笑菇嘛。

「我沒有發作，代表我沒吃到毒菇嘛。的確，這個我還沒嘗到呢。」

「也對，呵～」

總覺得笑聲變得討厭了呢。

「拜託，很可怕耶，能不能幫忙確認一下其他蘑菇？剛才吃了許多種蘑菇呢。」

「那就統統確認一番吧。島波菇沒有毒性，橙細菇也沒有毒性。三角栗菇有毒性。」

「又混入了有毒的蘑菇！」

「嗚哇——！真的耶！混入了藥用區的蘑菇啦！」

這麼粗枝大葉的人調配藥物，真的沒問題嗎……

總覺得她會自然而然說出『不好意思，超過了致死量喔～』這種話。

「這也是我還沒入口的種類，該說不幸中的大幸嗎？」

「我倒是吃了一個呢。」

勇敢程度堪比神農嘗百草。

另外，即使沒有開口，哈爾卡拉依然在毒性的影響下面露微笑。

「這種蘑菇會產生什麼樣的症狀……？」

「沒有迷幻藥的成癮性，會帶給身心適當的高亢感。對於情緒特別低落的人，開的處方藥中就摻有一部分這種菇磨成的粉。此外如果大量攝取，據說有催淫作用。」

「催淫？」

其實我知道漢字怎麼寫，但真希望是自己聽錯了。

「就是暫時非常『性奮』的意思————哎呀。」

只見哈爾卡拉的眼神緊～緊盯著我瞧。

然後，哈爾卡拉朝我走近一步。

我嚇得往後退了一步。

「為什麼，要後退呢，師傅大人。」

「因為毒性可能已經在妳身上發作了。」

哈爾卡拉以手指伸進胸前事業線，擺出強調傲人胸圍的動作。

「師傅大人，要、要不要和我做快樂的事情呢……？應該說，趕快來吧。」

「不要！」

毒性的確發作了。

我連忙落荒而逃，眼看危機逐漸逼近！

當然，哈爾卡拉也追了上來。

「沒關係啦～！絕對會很舒服的嘛～！」

「又不是以舒不舒服當作基準！」

還好沒帶法露法與夏露夏來……

不僅會造成很壞的榜樣，萬一她對女兒出手，那可不是開玩笑的……

說真的，如果只是要逃跑的話，以空中飄浮魔法倒是很輕鬆，但可不能把色慾當頭、身材火辣的精靈丟在森林裡不管。

身為師傅的我也有監督責任，萬一遭遇狩獵野獸的村民之類，就變成哈爾卡拉的貞操問題了。

「等一下！我應該學過解毒魔法！」

我朝哈爾卡拉伸出右手。

可是……解毒必須碰觸對方，否則無法發揮效果……

接觸哈爾卡拉本身就很危險……在徹底解毒前可能會被上下其手……

還、還是繼續逃跑吧……！

「等一下嘛，師傅大人！」

「某種意義上，還好我是女性呢，我的徒弟啊……」

如果我是男性，不保證不會輸給自己的慾望。

哈爾卡拉的身體就是這麼柔軟，而且前凸後翹。

反過來說，她的體型對運動不利，因此我偷偷以視線確認後方，同時確實引導哈

爾卡拉。
說到為何要確認，是因為這裡畢竟是森林，有一定的危險性。
哈爾卡拉的容貌突然從視野中消失。
「嗚哇！要掉下去，要掉下去啦～！」
一腳踩空，哈爾卡拉的身體倒向斜坡。
由於是土壤，雖然不至於摔死，但多半會扭傷腳，或是造成擦傷吧。
「真是的……」
我急忙轉過身，伸出手抓住哈爾卡拉的手。
敏捷：841
有這種驚人的狀態才辦得到。
「撿、撿回一條命了呢……師傅大人……」
「真是傷腦筋的徒弟……」
「師傅大人會特地來救我，代表師傅大人果然喜歡我吧……？」
「毒性還沒消退嗎……」
之後，毒性消退的哈爾卡拉點頭如搗蒜，頻頻道歉。
「真的很對不起，很對不起！給您添麻煩了！」

「添了麻煩是事實沒錯。不過事情已經發生，再提也沒什麼意思，這次就算了吧。」

「非常感謝您！」

哈爾卡拉頓時露出笑容。

即使是經常出包的配藥師，但笑容實在讓人無法討厭她。

「不過，要是再惹出什麼麻煩，我可要叫人來了。」

「叫人，叫誰呢？」

「別西卜。」

哈爾卡拉頓時臉色發青大喊：「拜託千萬別找她！」

◇

當天離開森林回家的我與哈爾卡拉，過了中午之後開始調配藥物。

雖然配藥不在原本預定行程內，但哈爾卡拉表示「為了賺錢，想販售藥物」。

配藥師調配藥物販賣就算是生意，她看似打算自己主動賺錢，貢獻這個家。還說

「既然寄人籬下，就不能白吃白喝……」

調配藥物的環境倒是十分完善。

這間房子長年由身為魔女的我居住，因此有配藥專用的房間。

此外還有讓草藥與蘑菇乾燥的小房間。

因為如果含有水分，會導致效果降低。

關於藥物調配作業，哈爾卡拉十分認真。

不過比起治療疾病或改善症狀的藥物，維持身體健康或是讓身體更有精神的類型更多，是每天都要服用的類型。

「關於生藥（天然藥物），這樣調配就好了吧。」

「這我知道，但對疾病有效嗎？」

「身體保持健康可能比較有效。」

如果我的價值觀比較偏向西洋醫學的話，哈爾卡拉應該接近東方醫學。

兩者並非孰優孰劣，都有其必要性。

因此很感激哈爾卡拉能來到我這裡，我也學到不少東西。

當然，我也會考慮村民的健康調配藥物，但沒有強烈要求平時多服用的想法。

而且每天服用的話，費用太高昂了，很難賣出去。

哈爾卡拉的藥物製作比較簡單，價格似乎也能壓得較低。

這時候萊卡表示「兩位都辛苦了」，並且端來香草茶。

「謝謝妳，萊卡。兩人有乖乖的嗎？」

「吃過午餐後想睡，很快就睡了午覺。可能今天起得比平常早的關係，兩人同睡在一張床上呢。」

「真想看她們睡著的表情，但可能會吵醒她們，只好忍耐……」

其實睡著的兩人真的好可愛。尤其是累了在同一張床上午睡的時候，可愛得讓人懊惱這個世界上居然沒有照相機。

「請問兩位草藥採摘得如何了呢？」

哈爾卡拉頓時滿臉通紅。

「由於我粗枝大葉……」

「粗枝大葉？」

「不好意思，還是請妳什麼也別問……快羞死人了……」

我也覺得這時候補刀太過分了，因此決定不發一語。

「那麼哈爾卡拉，明天如果天氣好，就帶妳到村子露臉吧。反正村子小，消息一下子就會傳開。」

「知道了，那就交給師傅大人吧！」

還特地舉起手回答。

整體而言，哈爾卡拉十分輕浮呢。

由於她之前經營公司，原本還有點為她擔心，但如果不是個性輕浮，肯定無法做大生意吧。畢竟謹慎的人絕對不會創業。

另一方面，可以說由於個性輕浮，才會導致區分毒菇失誤。

這既是優點，也是缺點，實在很傷腦筋。

「那麼先準備明天帶去村子的藥品吧。對外宣稱是魔女的新藥，寄賣在委託的店家。」

「好，我知道了！那麼最好與師傅大人調製的藥有所區隔吧。」

「沒錯。調整腸胃狀態，或是補充不足營養成分的藥丸應該不錯。」

或許可以叫做健康輔助食品。

然後我再度打量哈爾卡拉全身。

「還有，最好做一件妳的衣服比較好……」

身上的衣服完全無法遮住哈爾卡拉的魅力，布料可能有點太少了。

「啊～可是這樣就好了喔。反正穿著穿著好像也變大了嘛～」

「變大了啊……原來如此……」

我對狀態不太感興趣，卻特別在意三圍等數值。

晚餐端出了哈爾卡拉採摘的魔菇。

此外，還先確認過真的沒有毒才讓她調理。

任何人吃進毒素都不好，尤其是身材嬌小的女兒，可能受到的傷害更大。

「這種島波菇切片，與雞絲和花椰菜多灑點鹽一起炒，相當美味喔。還很下酒呢。」

機會難得，我在廚房確認她的調理過程。

「花傘彩虹菇的口感十分彈牙，就放進燉菜熬煮吧。」

這種料理的創意是源自白蘑菇嗎？

哈爾卡拉的料理本身相當受歡迎，我也吃得很滿足。

高原之家料理的種類在哈爾卡拉的幫忙下，應該會大幅增加。

別西卜來了

隔天。

依然是個大晴天，我和哈爾卡拉兩人前往弗拉塔村。

中途史萊姆照樣出沒，精準地狩獵，取得魔法石。

「師傅大人，狩獵史萊姆的動作真的好快……」

「畢竟狩獵了三百年啊，已經達到了接近傳統工藝技術持有者的領域了。那麼哈爾卡拉妳也試試看。」

哈爾卡拉揮舞橡樹棒。

「嘿、嘿！」

好會晃。

胸部晃動的幅度超大。

晃得搞不懂誰才是史萊姆。

「呼……好不容易狩獵了一隻呢。」

「好羨慕……」

「羨慕什麼呢？」

「不，沒什麼。」

肩膀痠痛等缺點應該也不少，但我好想體驗那究竟是什麼感覺，即使一天也好。

就這樣一路賺點小錢，並且抵達弗拉塔村。

弗拉塔村還是一樣和平。

「高原的村子空氣好清新，真好呢。應該說神清氣爽吧。」

「好像是呢。由於我從未離開過這一帶，對遠方的情況不太清楚。」

那麼首先，在村裡閒晃一圈吧。

既然住在一起，早點向村民們介紹比較好。

若讓村民以為神祕精靈出沒，流言可能會傳開。早點主動表明她是徒弟，村民應該比較容易接受。

話說回來，最近家人突然變多了呢。

難道活得久也有所謂的家人增加期嗎？肯定是這樣。

先行經村裡，商店林立的熱鬧大街吧。

然後一見到村民，就主動問候「早安～」、「早安～」。感覺好像選舉前的政治人物。

當然，問候「早安～」並非主要目的，介紹哈爾卡拉才是。

很快就發現了路上的阿婆。

「早安～」

「哦，高原魔女大人，早安哪。」

這座村子沒有人不認識高原魔女的我。

支持率百分之百，獨裁體制才有可能。

完全仰賴我三百年來累積的信用呢。

「今天我帶了新的徒弟前來，她是精靈徒弟，名叫阿綺卡娜。」

「我、我是阿綺卡娜……會調配藥物喔～！我會加油的～！」

「哦，是精靈小姐嗎？真難得能親眼目睹哪，請多指教啊。」

好，第一人結束。

只要接連介紹下去，阿綺卡娜肯定會逐漸融入弗拉塔村。

應該就不會有人懷疑為何多了奇怪的精靈。

此外，阿綺卡娜當然是假名。

萬一以本名哈爾卡拉介紹，看過懸賞單的人可能會識破。

不過自我介紹途中，氣氛突然變得怪異。

大約每兩名村民中會有一人反應生硬。
起先我還一頭霧水，但後來逐漸摸清楚原因。
幾乎所有男性的視線，都盯著哈爾卡拉的胸部……
路上有老爺爺說「這、這種胸器，在村裡可沒見過啊……」，還有少年表示「大姊姊的胸部超大的！」肯定沒錯。
「欸，男人難道都這麼愛看胸部嗎……？誇張到每個人都有相同反應耶？」
簡直是百分之百了，只有獨裁政體才有可能出現啊。難道十個男人內沒有一個不喜歡巨乳嗎？這與知名度之類的意義不一樣吧。
「哎……這就是男人的本性……沒辦法，我可以體會。成為男性目光焦點是難為情……但這已經算是宿命了……」
哈爾卡拉似乎放棄了抵抗。想不到胸部大出乎意料地麻煩呢。
「聽說即使號稱貧乳派的人，看到大胸部還是會目不轉睛。就像對身材高䠷的人感到驚訝一樣。」
「原來如此。」
「所以師傅大人也抱持自信吧。」
「拜託！不要說得我好像沒自信一樣！」
「即使胸部小，也可以抱持自信活下去！」

「不要直接說胸部小！況、況且一點也不小！」

這徒弟真沒禮貌……

接下來前往村子的雜貨店一趟。

這間是我寄賣自製藥品的店家。

目的是讓哈爾卡拉的藥也在此寄賣。

由於沒什麼拒絕的原因，一下子就談妥了。

「我是精靈配藥師阿綺卡娜，請多指教～這是我製作的藥丸。這對腸胃很好，而這能當作營養補給品服用。」

大叔店長也爽快表示：「沒問題，既然是高原魔女大人的徒弟，會努力推銷的。」

不過，大叔的表情不知為何有些疑慮。

「話說，小姐……妳的職業是配藥師吧……大約有幾年經歷？」

「噢，難道因為她剛成為徒弟，對藥品成分感到不安嗎!?雖然她最近才成為我的徒弟，但本身已經擔任至少幾十年的配藥師了！」

「是、是嗎……換句話說，是當了很久配藥師的精靈吧……」

怎麼氣氛變得像在審問啊。

難道她有任何啟人疑竇的要素嗎？

「另外問一下，她出身自哪個州？」

「伏蘭特州，怎麼了嗎？」

「原來如此……不，請別放在心上……肯定是哪裡弄錯了。一定是弄錯了……」

雖然很想追問到底怎麼回事，但問了可能打草驚蛇，因此我們直接離開。

「好啦，主要目的已經達成，接下來就是到處打個招呼後回家囉。」

「嗯，請問一下，剛才怎麼感覺特地打聽我的身分啊……住哪個州之類……」

「該不會在意方言口音吧？不就像國籍一樣，有地域差別嗎？哈哈……」

之後繼續打招呼，而哈爾卡拉依然成為目光的焦點。

剛才明明只有男性集中在胸部的視線，這次連來自女性的目光也變多了。

有點不太對勁……而且這麼短時間就產生了變化。

最後我們來到公會打招呼。

「娜塔莉小姐，早安。今天來介紹我的徒弟。」

「嗚哇啊啊啊！」

不知為何娜塔莉小姐嚇得站起身，後退了幾步。

怎麼反應活像看見妖怪……

「我、我是精靈配藥師，名叫阿綺卡娜……今後請多多指教……」

「難道是在伏蘭特州釀造『營養酒』的那一位嗎……？」

「啊～原來您知道啊～哎呀～想不到名氣甚至傳到這麼遙遠的地方，有些感激呢～」

聽得我急忙以手肘輕輕頂了頂哈爾卡拉，釀造「營養酒」這個設定太奇怪了吧！

「啊，對了……這個，釀造『營養酒』的是遠房親戚的精靈……名叫哈爾卡拉，是個會不小心誤食毒菇的傻女孩……」

哈爾卡拉硬將話題拗回去。

「是嗎……其實今天早上，有冒險家拿這個到公會來……要求如果遇見的話就通知他……」

娜塔莉小姐拿出的——就是哈爾卡拉拿給我們看的懸賞單（不過已經從魔族語翻譯成人類語）。

我正在搜捕在伏蘭特州釀造「營養酒」
這種商品的配藥師女精靈，名叫哈爾卡拉。
目前她從伏蘭特州失蹤。
身體特徵：胸部超大
抓到她的人將致贈
價值等於一千五百萬戈爾德的豪華獎品。

魔族別西卜

「嗚哇啊啊啊啊啊啊啊啊啊啊啊啊啊！果然傳開了啦啊啊啊啊啊——！」

哈爾卡拉嚇得大喊，我也差一點尖叫。

難怪大家才特別留意哈爾卡拉嗎……懷疑她是不是就是懸賞單上的精靈……還好使用的是假名……

「哦，伏蘭特州的精靈嗎，真是巧合呢。但名字不一樣，所以和我的徒弟阿綺卡娜一點關係都沒有呢。嗯，還好沒有關係～」

決定了，裝傻裝到底。

「是、是嗎……這倒是……」

「話說拿這張懸賞單來的冒險家，到哪裡去了？」

「剛才好像急忙四處打聽這座村裡有沒有精靈，但似乎認為沒有，已經前往其他村子了。」

正好錯過那名冒險家嗎？

雖然是不幸中的大幸，但遲早會曝光吧……

有必要緊急商討對策。

◇

趁還沒中午，我和哈爾卡拉急忙離開村子，趕回家中。

想不到懸賞單這麼快就傳開了……

讓村民以為哈爾卡拉是徒弟的戰術可能適得其反。應該先讓她在家中藏匿一段時間，再以徒弟的身分介紹給村民才對……

「首先，暫時禁止前往村子。僥倖的是，懸賞畫像目前還沒傳開，但由於這附近幾乎沒有精靈居住，光是精靈就有可能遭到懷疑。森林那邊幾乎不會有人，如果想運動的話就到那裡去。」

「好……我會小心的……」

一回到家，哈爾卡拉便嚇得發抖。
「沒、沒有跟來吧……？別西卜的追兵沒有跟來吧……？」
「好啦，振作一點。畢竟長相又還沒曝光，肯定能熬過去的。如此相信吧……」
話雖如此，還是有危險。
「萊卡，能不能帶兩個女兒疏散到遠處的村莊？」
「好的，吾人正想向師傅建議呢。」
有萊卡在真是太好了。
「那就拜託妳囉。」
雖然打算保護哈爾卡拉，但也必須消除任何可能危害到女兒的可能性。必須保護所有人才算成功。
「媽媽，夏露夏也想戰鬥……」
夏露夏一臉想不開的表情來到我身邊。
「以前曾經試圖打倒媽媽，為了補償，這次換夏露夏保護媽媽了——」
我緊緊摟住夏露夏。
「謝謝妳喔，夏露夏，但妳的好意媽媽就心領了。妳可是我的女兒呢，保護女兒是媽媽的工作。」
「可是法露法在書上看過，別西卜相當危險……」

此時法露法跑了過來。

然後直接牽起夏露夏的手。

「夏露夏，媽媽感到困擾了呢！夏露夏說的話聽起來很孝順，其實一點也不孝順！」

果然，即使平時言行像孩童，法露法依然是姊姊。

「嗯……姊姊。」

這番勸說讓夏露夏也折服，法露法跟著撫摸夏露夏的頭。看在母親眼中，真是惹人憐愛的畫面。想正式評估看看，能不能以魔法製作有照相功能的機械。

「亞梓莎大人，對手可是高等魔族，最好進一步強化結界。抗拒魔族的結界本身有在人類之中流傳，應該能以創造魔法製作。」

「好主意，萊卡。這麼說來，我也在魔法書知識之中讀過呢。」

「那麼吾人會恢復龍的外型，帶兩位女兒離開。等到離開之後，會祈禱亞梓莎大人旗開得勝！」

「嗯，知道了。路上小心。」

還來不及享用準備好的午餐，三人就迅速走出家門，起飛離去。

雖然對準備的萊卡過意不去，但還是安全為上。

剩下的午餐附近飛著小蟲子。

看起來很不衛生，而且也很噁心。因此以冰雪魔法冷凍我和哈爾卡拉沒吃的部分。

走出家門後，我在周圍布下抗拒魔族的結界。

「高等魔族應該能突破結界，但只要能消耗敵人的力量就足夠。」

畢竟我的等級已經強得離譜，應該能發揮一定效果。

中午與傍晚都沒發生任何事。

總不會這麼快就發動攻擊吧。

「希望能就這樣平安無事呢。」

「根據流傳的說法，魔族好像在夜晚比較活潑。說不定會趁夜裡偷襲……」

「呃……這麼一來，豈不是無法睡得安穩了嗎……」

晚餐時分也沒有任何襲擊的動靜。雖然蟲子還在飛，但這個世界沒有殺蟲劑，因此不予理會。

晚餐後哈爾卡拉喝起「營養酒」。

某種意義上，這可是害哈爾卡拉走投無路的禍首。

「晚上喝酒會上癮呢……」

瓶裝酒明明很重，哈爾卡拉逃難時的行李卻塞了一打。看來她在逃難路上一直喝這種酒。

「哈爾卡拉，今天睡在我的房間。」

「難、難道師傅大人，是喜歡女性的類型嗎……？」

「當然是因為如果妳在遠處，就很難保護妳了吧！」

我很容易入睡，無法保證睡著的時候，哈爾卡拉不會遭到魔族襲擊，才要先做好防範。

「也、也對……真是抱歉……」

將哈爾卡拉的床鋪搬到我的房間，以便就寢。畢竟同睡一張床不太好，純粹因為太窄。

當天晚上，哈爾卡拉的夢話太吵，導致我幾乎沒睡。

「欸～跟哈密瓜一樣大？這麼說太誇張了啦～頂多只和大橘子差不多啦～哈哈哈～屁股和桃子一樣大？沒有啦～」

她到底做了什麼夢啊！一點緊張感也沒有！

隔天與再隔天也毫無動靜。

雖然這是好事，但在無從得知是否絕對沒問題的情況下反而麻煩。

這種生活還得持續多久呢。

當天晚上，哈爾卡拉一樣喝著「營養酒」。

晚上喝這種酒已經成為哈爾卡拉的慣例，聽說喝了就算熬夜也撐得下去。雖然她從沒熬夜都在睡覺。

「呼哈～！有了『營養酒』，感覺晚上也可以戰鬥呢！」

就算要戰鬥，但我可不想與別西卜交手。

「妳這麼愛喝那酒啊。」

「我的製藥理念是，調製出連自己也愛用的產品。況且師傅大人不是也在喝嗎，而且還喝了不少。」

「啊？我沒有喝啊。」

依賴營養飲品會讓我想起社畜時代，因此我敬而遠之。

「拜託，怎麼可能沒喝呢。這幾天除了我以外，依然以一天一瓶的速度減少啊。已經沒有庫存了，明天要喝的酒得使用草藥之類自己釀造才行。」

「咦……？可是我真的沒喝啊……」

「師、師傅大人開玩笑的吧……？」

「我沒有開玩笑，這種時候才不會開玩笑。」

我與哈爾卡拉面面相覷。

彼此都臉色發青。

有種強烈的感覺，好像發生了什麼非常糟糕的事……

——這時候，有東西發出『嗡嗡～～』的聲音飛過來。

是小蟲。話說回來，這幾天房間裡好像一直有小蟲。

仔細一瞧，那隻小蟲是蒼蠅。

我有非常不好的預感。

「欸，別西卜是蒼蠅對吧？」

「是的，雖然我沒見過，但別名叫做蒼蠅王。」

「該不會……………………………就是那隻蒼蠅吧？」

我戰戰兢兢指向那隻蒼蠅。

「不、不會吧……那只是隻髒兮兮的普通蒼蠅。聚集在馬糞上的低等生物……怎麼可能是讓人毛骨悚然的魔族……」

「妳說誰是低等生物？」

「師傅大人，別模仿奇怪的聲音嘛！這樣很嚇人呢……這種小玩笑拜託在和平一點的時候再開吧！」

「咦？我什麼也沒說啊。我也沒靈巧到能發出那樣的聲音。」

「那麼剛才的聲音，怎、怎麼會……」

哈爾卡拉的眼光望向蒼蠅。

不過蒼蠅一直在附近來回盤旋，因此視線很難緊盯。

「沒錯，就是小女子我。」

只見飄出微微白煙——

一名外表宛如無比高傲女騎士的女孩從白煙中現身。

身上的服裝看起來像裙子，卻到處開高衩，結果反而像緊身衣。腰上繫著皮帶，還插著配劍，卻沒有貴族千金的氣息。

這種活像邪惡女幹部Cosplay的角色是怎麼回事啊……

至於外表，首先最顯眼的是頭上的角。長長的銀白色秀髮，以及呈現對比的褐色肌膚。

外表年紀與我相仿，大約高中女生吧。

不過這種世界觀下，以外表判斷實際年齡是毫無意義的，因此不知道她是否比我小。

「小女子名叫別西卜。其他的應該不用多作介紹了吧？」

想不到本人會親臨……

可是別西卜居然是女性啊。

名字這麼奇怪，真要說的話既不像女性也不像男性。

「噢，由於小女子能變成蒼蠅的模樣，因此人稱蒼蠅王。低等生物真是不好意思啊，小女子在此賠罪。」

只見別西卜以手置於胸前，殷勤地低頭致意。

難道她通情達理？不，這絕對是挖苦。

而且依照慣例，態度愈禮貌的傢伙愈邪惡，而且愈強。可不能掉以輕心。

「咿、咿咿……低等生物只是措辭……我絲毫不敢以這種無禮的口氣……向、向別西卜大人說話……」

大受打擊的哈爾卡拉已經快暈過去。

應該說看似腿軟，已經癱坐在地上。

「不不不，要說小女子是低等生物也無妨。那麼，對低等生物嚇得腿軟的精靈又是什麼樣的生物哪。」

「精、精靈簡直就像灰塵……連、連成為生物飼料的價值都沒有……」

就算是為了乞求饒命，也不要貶低精靈族嘛！

「小女子就是為了追趕這種灰塵才來到這裡哪。」

別西卜取出帶有翅膀，顯得特別豪華的扇子，啪噠啪噠向自己搧風。

水果的甘甜香氣頓時在房間擴散，難道是那個像扇子的道具所致嗎？

「小女子最喜歡熟透的果實香氣，才會使用這支滲入香料的扇子。附帶一提，這可不是腐爛果實的臭味喔，小女子可不喜歡腐敗的臭味。蒼蠅王與隨處可見的髒兮兮蒼蠅可別混為一談。」

搞不懂從她身上哪裡看得出蒼蠅的關聯性。

「原來妳從一開始就潛入這個家了……」

完全沒料到她會這麼早入侵。

話雖如此，她還是讓兩個女兒與萊卡去避難，這一點倒還好。

「就是這樣，精靈躲在這裡的流言早就傳到小女子耳內了。蒼蠅最喜歡人的流言與芳香的果實……絕對不是喜歡腐敗的臭味。」

難道她很介意剛才說蒼蠅喜歡腐敗的東西嗎……？

「應該說，為什麼不立刻露面呢……？妳不是一直在這個家裡嗎……？」

「以蒼蠅的模樣在家裡悠哉飛來飛去，這才是小女子放長假的方式。」

享受休班的方式超獨特的！

「妳們也終於察覺到了呢。正巧小女子的休假也即將結束，剛剛好。」

不要擅自在人家的家裡度假好嗎？我可要收住宿費喔。

「好啦，高原魔女，小女子倒沒什麼事情找妳。不過既然妳親自出面，若能請小女子喝杯茶就更好了。當然，妳並非小女子的僕人之類，就交由妳自行判斷吧。小女子要找的是——」

視線犀利的別西卜，瞪向腳軟的哈爾卡拉。

「哈爾卡拉，妳一直逃跑，害小女子費了好大勁找妳呢。不過妳的價值值得小女子這麼做。」

「咿、咿！請、請饒命啊！我、我什麼都願意做！」

「嗯，什麼都願意做嗎？這可是妳親口說的喔。」

以扇子掩住嘴，別西卜嘻嘻笑了笑。

啊，弦外之音就是「那就去死吧」。

沒辦法。雖然是臨時的，但徒弟就是徒弟。

我張開雙臂擋在哈爾卡拉面前。

「要與徒弟交手的話，得先過師傅這一關吧？」

臉上露出無畏的笑容。

雖然現在的情況一點也不好笑，但正因如此，只能笑了。

另一方面，別西卜則略為板起臉來。

「可以不要妨礙小女子嗎？難道妳要擋在小女子面前？真虧妳有這種覺悟呢。」

「徒弟說她不想見到妳，能請妳回去嗎？」

「別人叫自己回去，反而更不想回去不是天性使然嗎？」

只見別西卜的背上長出透明的翅膀。

是很漂亮，但翅膀形狀很像昆蟲。

「那正好。太久沒戰鬥，手腳也生疏了哪。妳看起來本領不錯，和小女子一決勝負吧。」

「因為我狩獵史萊姆鍛鍊了三百年。」

「才三百年嗎？什麼啊，年紀還不到小女子的十分之一哪。」

敵人似乎活了三千年。但終究是三千年，我可是吃過不少中國四千年歷史的中華料理呢！

那麼，肯定，還有一搏的機會。

劇本確實朝與我決鬥的方向走呢。

好，接下來只要我戰勝，一切就能圓滿解決。

這是我頭一次與高等魔族戰鬥，但只能硬著頭皮上了。

「這、這個，高原魔女小姐，不對，師傅大人……這、這樣真的好嗎……」

我瞄了身後一眼。

「徒弟就該有徒弟的模樣，在後面乖乖待著。肩負屬下失敗的責任也是上司的義務。」

只不過碰上不接受賠罪的奧客，就得以物理方式解決了。

「先說好，別西卜小姐，就算我贏了，也不要派屬下來洩恨喔？」

「小女子不會做這種事，這是小女子個人興趣的領域，所以才會特地跑到這種邊境。」

「啊～太好了，那就沒有後顧之憂囉。」

現在只要贏過別西卜，就萬事太平啦。

「妳一副勢在必得的模樣，看了真是討厭……」

「贏不了妳就什麼都別提啦。」

「在這裡動手會損及建築物，到外頭去打吧。」

哦，她發現了嗎？真是感激。

這樣就完全不用瞻前顧後了。

「沒問題。彼此堂堂正正一決勝負吧。」

走出家門後，我利用空中飄浮來到高原上空無一物的地方。

難得擴建的家怎麼能毀於決鬥，我還想繼續住下去呢。

現在是夜晚，除了月光略為照亮的地表外十分漆黑。

某種意義上，可能正適合別西卜。

比起明亮的日光，惡魔應該更適合黑夜。

「哦，飛到這麼遠的地方去啦。那麼小女子也過去吧。」

即使相隔很遠，別西卜的聲音依然響亮。

眼看她拍動翅膀，即將朝我飛過來。

可是就在這時候，我想起一件事情。

「之前布下抗拒魔族的結界，依然維持效果呢……」

「等著吧，讓你瞧瞧高等魔族的力量有多可怕怕怕怕怕怕怕怕怕怕怕怕怕怕怕怕怕怕怕怕怕怕怕怕怕怕！」

別西卜發出的聲音像壞掉的ＣＤ播放器一樣，她麻痺了！

「結界發揮了效果！」

想不到離開內側來到外側的時候，結界才發揮效果……

但對手畢竟也是高等魔族，只見她突破結界，來到我的面前。

不過卻淚眼汪汪，狠狠瞪我。

「不是說要堂堂正正決勝負的嗎！那是怎麼回事啊！難道妳要宣稱作戰成功嗎！」

「呃……該說我在布下結界的時候，沒想到妳已經在建築內了嗎……還是完全忘記這回事呢……這個，真是抱歉……」

發現這幾乎等於犯規，我低頭致歉。

「受不了……真是掃興哪……呼、呼……來、來吧……一決勝負……」

搖搖晃晃的別西卜表示。

「拜託！妳也累得太誇張了吧!?」

想不到結界偶然發揮強得過頭的效果。

「這、這點小事，不算什麼……………………咳咳、咳咳……好難受……」
別西卜當場跪倒在地。
「還有，突然身體發冷……還有點想吐……」
症狀嚴重到可以喊救護車了！
「不行了……身體再也動不了……」
沒辦法，我只好抱起別西卜。以公主抱的方式。
「我帶妳回房間！」
「別鬧了！這樣不就又要撞上結界了嗎！」
「…………危險，差一點就要命了……」
完全忘記了。如果以這種方式贏過她，可能會有一票高等魔族跑來報仇……
「啊，一發出聲音就頭痛得厲害……」
「等我確實解除結界之後再抬妳過去！」
就這樣，我將別西卜送回我自己的家。
「啊，師傅大人，既然您回來就代表贏了吧——哇，還有別西卜！」
「我要讓她躺在床上，妳也來幫忙！」
就這樣，緊急對別西卜進行治療。
暫時先讓她服用藥物，但可能效果更強烈的藥物比較好。看她似乎還很難受。

「唔……從未聽過有那種……超越常識的強力結界……」
等級九十九的結界竟然威力這麼強……
「欸，哈爾卡拉會使用回復魔法嗎？」
「不，完全不會。」
「我也不會使用回復魔法呢……回復是聖職者專用魔法……有了，我現在就創作！」
畢竟我具備創作魔法這種最強的魔法呢。
我在別西卜躺的枕頭旁邊，排列類似祭壇的東西與儀式用的葉子。
看起來有點像注連繩，但沒那麼不吉利。
畢竟是專門範圍以外的魔法，重視的是氣氛。
接下來只要詠唱咒語就行了。
「啊，大地之神啊，請賜予她大地的引導——等一下。」
根據遊戲不同，對魔族施放回復魔法可能會造成傷害。
「欸，哈爾卡拉，回復魔法可以對魔族施放嗎？」
「魔、魔族也有會使用回復魔法的，應該沒問題吧……」
「知道了！那就相信妳！如果害她受傷死翹翹的話，就是哈爾卡拉妳的錯！」
「不會吧——！責任太重了吧！」

保險起見，我修改詠唱內容。

「大地之神啊，混沌之力依然不分善惡。請將力量借給我吧……喝啊————！」

從我的手中發出淡藍色的光芒。

只見別西卜的氣色稍微好轉些。

「有效了！好，重複施放吧！」

然後我足足詠唱了五次回復魔法——

別西卜難受的表情才終於消失。

「噁心的感覺終於消退……也不再發冷了。」

「呼，太好了……那麼之後就靜養一段時間吧。」

我抹去自己額頭上冒出的汗水，成功拯救了一個生命呢。

「原本以為妳是卑劣的女人，看來是小女子誤會了……高原魔女，妳真是了不起……」

「要是這樣死翹翹的話，今後不知還得後悔幾百年呢。」

看來似乎贏得了信任，應該有機會圓滿落幕。

哈爾卡拉也鬆了口氣。只要好好賠罪，應該會得到她的原諒吧。

「恢復之後，真想再喝『營養酒』哪。」

「呃，要是喝了可能又要差點沒命了吧……」

「差點沒命？不，可能喝的時候得小心分量，但喝了哪會死人。反而就是為了恢復精神而喝哪。」

「哎？」

真是奇怪。

怎麼與當初哈爾卡拉的說法大相逕庭啊。

「奇怪，當初怎麼聽說喝了之後發高燒，差點沒命呢……？」

「噢，熬夜工作時一喝就充滿氣力，確實因為太有幹勁導致工作過度，之後才病倒發燒。但那不是酒的問題，而是身體負荷過大，休息一番就沒問題了。」

「呃……這麼說，之前會追哈爾卡拉是因為……」

「因為停止釀造了，只得直接拜訪釀造者本人，拜託她繼續釀造。可是連本人都失聯，才會發出尋人告示。」

我拍了拍哈爾卡拉的肩膀。

「喂。（怒）」

「呃，這個……我聽到的流言是發高燒倒下才怨恨我……哎呀，流言果然必須確認清楚才行呢……哈哈……」

掌握資訊拜託準確一點……

◇

天亮之後，別西卜離開床鋪。

雖然大病初癒，但身體應該已經恢復健康。

「還以為沒命了呢。小女子是高等魔族，已經習慣被人恐懼，但想不到流言會傳得那麼廣。」

「之前我拚命逃跑呢……工廠我會重新開啟……所以說這幾天，家裡的『營養酒』減少是因為……」

「是小女子喝的。那真的太好喝啦。」

看來哈爾卡拉與別西卜的誤會也解開了，可喜可賀。

「不，乾脆將工廠轉移到這個州來吧。」

哈爾卡拉似乎在腦海裡思索些什麼。

「轉移到這裡？為何又這麼說？」

「因為雖然遭到別西卜小姐懸賞是誤解，但連精靈與當地州政府都曾經對我見死不救，至少連伸出援手都不肯。」

畢竟面對的可是高等魔族，當然會貪生怕死。

可能覺得讓一個精靈當犧牲品，代價很划算吧。

「重啟那邊的工廠，稅收也是交給那邊的州政府，實在讓人嚥不下這口氣。」

「原來妳這麼會記仇……」

話雖如此，如果能增加南堤爾州的就業，可能是好主意。

我身為南堤爾州的居民，當然該促進南堤爾州的繁榮。

「還有……若能住在這裡，就能和師傅大人在一起了……」

臉頰微微泛紅的哈爾卡拉表示。

「師傅、徒弟的關係終究只是偽裝吧？妳也是能獨當一面的配藥師，我可不打算收妳為徒使喚妳喔。」

「不，師傅大人是真的想救我。擋在我與別西卜小姐面前的師傅大人，真的好帥喔。而且該怎麼說呢，現在我依然覺得心動……」

感覺哈爾卡拉的視線微妙地帶有熱意。

「妳該不會……有那種俗稱百合的偏好吧……？」

「沒有啦。」

「那就沒問題。」

「只不過一時性起搞姬而已。」

喂！怎麼冒出了奇怪的專門術語啊！

「這、這個……反正還有房間，要住下來也可以……不過吃飯、掃除或購物等工作是輪班制，這些就拜託妳囉。」
「好！我會努力工作的！」
家人又變多了呢。
兩個女兒，兩個徒弟，變成有模有樣的魔女工房了。
調配藥品的魔女工作也得提升技能水平，否則就要出糗了。
「唔，好像挺開心的哪。」
連別西卜都一副興趣十足的態度開口。
「呃，高等魔族應該不會想住在這麼狹窄的地方吧。」
再怎麼說，別西卜住下來多半會嚇到鄰居，也讓人不敢恭維。
「小女子自己有完整的住處，沒打算搬過來。不過會來這裡露面，畢竟小女子也想買『營養酒』哪。來到精靈哈爾卡拉這裡，不就保證一定買得到嗎！」
這倒是，直接向釀造商買最確實。
「還有，高原魔女亞梓莎，小女子還沒和妳分出勝負哪。下次別靠結界，一較高下吧。」
「咦……妳要來挑戰嗎……？」
「不會真的拚上性命，放心吧。活得久了閒得很，陪小女子過兩招當作消磨時間吧。除此之外，如果有什麼有趣的活動，記得通知小女子喔。」

「就算要找妳來，但怎麼聯絡魔族啊……？」

「倒是有個很方便的魔法可以聯絡。如果你不知道的話，等一下小女子教妳。學、學會的話應該比較方便……」

到底有多想來啊……

如果一直不找她，多半會氣得自己跑來吧。

「總之，知道之前是一場誤會就好，要不要一起吃飯？」

「嗯，那就不客氣啦。機會難得，將餐桌搬到屋外來享用如何？這樣更有高原民宿的感覺，心情也會更熱絡喔。」

「雖然有點麻煩，但這主意不錯。就這樣吧。」

於是我們在屋外優雅地享用一頓早餐。

我還是頭一次見到魔族，因此詢問了許多關於魔族社會的問題。

Q1　魔族社會現在是什麼情況呢？

「這幾百年以來，一直都是同一個王朝統治。由於並沒有積極進犯人類領土的動向，倒也十分和平。由國王與我們高等魔族負責政治事宜。」

這麼說來是相當普通的國家呢。

Q2　別西卜目前從事什麼呢？

「以貴族身分管理眾多莊園，同時在王朝內擔任農業大臣，正推動擴大農地。」

果然似乎是高官呢。

Q3　目前已經結婚了嗎？

「不、不要問奇怪的問題……結婚這檔事，是老化快速的種族才做的……小、小女子還是純潔之身，有什麼問題嗎……」

這種語氣也能算少女嗎。

Q4　身為蒼蠅是怎麼生活的呢？

「雖說能變成蒼蠅，但絕非喜歡而食用穢物，這一點千萬別弄錯了。如果端出這種東西充當小女子的盤中飧，等於侮辱魔族大臣，會演變成國際問題的！即將腐敗的水果確實很美味，但終究只是即將腐敗，可不是真的已經腐敗喔！」

這一點要留意。只要以普通人類的方式款待她即可。

原本心想還得聯絡萊卡，可以不用避難，不過龍型態的萊卡正好在用餐時分飛了回來。

「吾人獨自回來窺視動靜，看來解決了呢。」

「沒錯，可以帶女兒回來了。應該說雖然有點趕，但能在今天之內嗎？」

機會難得，也想讓其他家人見見蒼蠅王一面。

別西卜與兩個女兒似乎特別融洽，還一起玩起家家酒等遊戲——不，反而詢問了不少關於魔族歷史的問題。

「這個貴族的家世，就是這樣沒落的——話說妳怎麼對這些歷史故事這麼感興趣？」

「因為沒什麼關於魔族的書籍。」

「妹妹夏露夏喜歡歷史喔～！法露法喜歡的是數學吧～！」

「是嗎，是嗎？那麼下次就帶微分與積分的書籍來吧。」

雖然聽不太懂，但她們的對話內容似乎相當富有知性。

當天晚上，別西卜離去之際還這麼說。

「小女子想收兩位千金的其中一位當養女，不知道行不行……」

「承蒙妳的慧眼賞識，但恕我拒絕。」

就這樣，別西卜事件順利落幕。

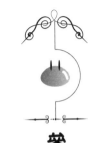

參加龍族結婚典禮

She continued destroy slime for 300 years

「呼啊～早安啊，萊卡。」
我來到飯廳後，所有成員已經在飯廳集合。萊卡正在廚房準備早餐。
「早安，師傅大人。真難得看到師傅大人如此悠哉呢。」
被早已起床的哈爾卡拉這麼說。
起得比哈爾卡拉晚實在不應該呢。
「哈爾卡拉，早安。這種日子也是有的。」
「難道與萊卡小姐纏綿悱惻……」
「妳的妄想有點太嚴重了吧……只是買了新的魔法書，看得專注了點才熬夜。畢竟女兒也在場，用詞要更謹慎一點。」
「是，不好意思，師傅大人……」
看她似乎坦率地反省，這樣就好。
「不過我畢竟還年輕，該怎麼說呢，才會主動追求戀愛八卦之類的話題。當然不是自己談戀愛也沒關係，想聽身邊哪個人的八卦都可以！」
話還沒講完，哈爾卡拉又自顧自講個沒完。
「說到年輕，妳今年幾歲了？」
「十、十七歲……………又兩千五百個月。」
「早就超過兩百歲了吧。」
雖然活了三百年的我沒什麼資格說。
「不，以精靈而言還是水噹噹的年紀喔！年齡的事情先擱在一邊，有、有談過戀愛嗎!?」
「老實說，沒有。」
這三百年來，沒有足以稱為戀愛的經驗呢。完全沒有。
「那麼法露法妹妹與夏露夏妹妹呢？有談過戀愛嗎？」
這次哈爾卡拉改問兩個女兒。
兩人都已經活了五十年，如果說有喜歡的男性，我倒是會受到一點打擊……
「最喜歡媽媽了！」
「夏、夏露夏也還沒這方面……」
聽到女兒說最喜歡媽媽的瞬間，無價。真的覺得活著太好了。
「啊～我不是這個意思，而是問妳們有沒有喜歡男性的經驗？呃，如果是喜歡女性的經驗也可以。」

「拜託……可以不要教女兒奇怪的事情嗎……？」

「師傅大人，這樣反而會有反效果喔！如果過度缺乏戀愛的相關知識，反而可能會對女兒造成傷害呢。以人類的價值觀來看，兩位女兒的年紀有了孫子都不意外呢。」

「唔唔……還頗有幾分道理……」

確實，完全不能保證今後女兒不會有喜歡的對象。

問題外表看來才十歲左右……是不是別教她們多餘的知識比較好……

「媽媽，在煩惱什麼呢？」

我一煩惱，夏露夏頓時有反應。

「媽媽在思考，該怎麼向妳們解釋什麼是愛情。」

「愛情，是神明賜予人類最棒的禮物。在神學上是這樣解釋的。」

「噢，嗯~理論上可能是這樣沒錯，但好像哪裡不對。」

「此外，發生愛情時，表面上會產生愉悅的情感。但這種愉悅並非愛情本身，反而變成類似隱藏愛情的霧霾一般，必須小心別被這種情感迷惑。神學上如此解釋。」

哎呀，難道女兒反而在教我什麼是愛情嗎？

「最近神學流行的理論，是將愛情分類為對神的絕對愛、家族愛、友愛與慈愛四種，不過解釋起來很長，之後再說明吧。」

「嗯……謝謝喔……」

愛情果然很複雜。而且不知不覺中戀愛問題變成討論何為愛情，但確實聽過戀情與愛情為不同概念的說法……愈來愈搞不懂了呢。

我的臉上浮現苦悶的表情時，萊卡正好端著盛裝菜餚的盤子出現。

「來，這是麵包夾炒蛋。吃的時候小心別燙傷喔。」

對了，順便也問問萊卡的戀愛經驗吧。

「欸，萊卡，妳有沒有談過戀愛——」

「啊，有件事情得告訴亞梓莎大人才行呢。」

放下盤子後，萊卡雙手一拍。

「我要回老家一趟喔。」

聽得我一瞬間目瞪口呆。

「咦、咦、咦、咦～！發生什麼事了嗎!?難道對目前的生活不滿!?有不滿或煩惱的話，別藏在心裡告訴我！我會改善的！」

我想起以前晚輩辭掉工作時的情況。

身為前輩，曾建議至少忍耐至找到新工作之前。

但我當初甚至過勞死，某種意義上，晚輩的判斷可能是先見之明呢……如果害得自己過勞死，沒工作可能還好一點……

不行，記憶反而變成當初辭掉工作還比較好。

「萊卡，難道是我身為魔女哪裡有問題嗎……？教妳的方式不對嗎……？拜託妳，告訴我吧！」

「這個……亞梓莎大人!?怎麼了嗎？」

「沒有怎麼樣！因為我也將徒弟當成家人看待！聽到妳要離開我當然慌張啊！」

其實真的受到萊卡不少照顧。雖然第一次接觸弄得雞飛狗跳，現在卻連第一次接觸都成為美好的回憶。

「亞梓莎大人，請您先冷靜一下！」

「可、可是，這樣要我，怎麼冷靜下來……不要放棄當徒弟啊，萊卡！」

「吾人沒有要放棄當徒弟！是姊姊要舉辦結婚典禮，為了出席才要回老家一趟！」

「咦？結婚典禮……？」

話說之前夏露夏前來襲擊的時候，萊卡好像說過這回事。

「沒錯，要在龍族居住的洛可火山舉辦婚禮。姊姊與青梅竹馬要結為連理，附帶一提，雙方都是龍族喔。」

法露法開心地大喊「哇～！恭喜喔～！」確實很值得恭喜。

夏露夏露出領悟的表情表示「這就是愛之形嗎」。

嗯，可以說結婚是戀愛的完成形之一呢。

「是嗎，那一定要出席典禮喔。姊姊肯定會很高興的。」

「嗯，吾人想祝福他們踏上人生的新旅程——啊，對了。」

萊卡似乎想到些什麼。

「如果方便的話，要一起參加婚禮嗎？不用想成儀式那麼繁文縟節沒關係。龍族的結婚典禮相當隨興，只要當成參加節慶或去旅行就好了。」

「法露法要去～！想看看新娘子～！」

女兒搶先我一步表示興趣。

對啊。既然是徒弟的姊姊結婚，列席參加典禮也不錯。

「知道了，那就一起去吧。洛可火山最快要花兩天吧，考慮法露法與夏露夏的腳程，可能要花四天呢。」

「由吾人變成龍帶大家去吧，旅館我也事先安排好了。」

好像就此說定了呢。

「龍族的結婚典禮嗎？那麼還得打扮一番呢……可是我的禮服放在老家……」

哈爾卡拉好像已經在思索該穿什麼禮服出席了。

「那麼吾人先回老家一趟，通知各位將出席婚禮。今天之內就會回來。」
「好～幫我向各位問好喔～」
就這樣，高原魔女全家決定出席結婚典禮。

當天我們來到弗拉塔村，添購禮服。
兩個女兒非常開心穿禮服的機會，這一點十分孩子氣，讓我鬆了一口氣。
夏露夏試穿一件件禮服，一直思索該穿哪件才好。
「不，這件可能與髮色不太搭配……」
「怎麼會呢。夏露夏，妳想太多了啦。」
「因為姊姊每一件都誇說好看，搞不懂哪一件比較好……」
這種煩惱也是挑選禮服的樂趣之一，儘管煩惱沒有關係。
哈爾卡拉已經試穿過現有的禮服。
「不好意思，師傅大人，能不能幫我看看哪裡不對勁？」
聽到更衣室裡傳來的聲音，我走進一瞧。
「怎麼樣？有找到好看的——啊，這樣絕對不行……」
哈爾卡拉穿著露胸的禮服，但一見到的瞬間，就認定絕對出局。
「可是這件的顏色我很喜歡呢……」

「胸部和臀部幾乎都露在外面。」

「………啊，這樣可不行呢～！我馬上換掉～！」

「哈爾卡拉，以妳的身材，既有的禮服全部尺寸不合，看起來太煽情了，從頭縫製一件吧……應該說如果要穿這件禮服，那我可不能讓妳出席。」

自己的身體看在別人眼中是什麼模樣，還是多一點自覺吧。

最後添購了四人份的禮服。

萊卡前去老家，通知我們會參加婚禮，今天當然不在場。不過她一開始就預定出席結婚典禮，應該早就準備好了。

在吃晚飯前，萊卡已經回來，告知似乎全場一致同意我們出席。

「家人也表示如果高原魔女蒞臨，非常想見見面喔。」

「這種名人般的待遇讓人有點困擾呢……」

「亞梓莎大人確實是名人。提到高原魔女，在南堤爾州幾乎無人不曉呢。」

雖然很想說太誇張，但連哈爾卡拉這種住在其他州的人都前來求我協助，名聲遠播應該是真的。

「我們去訂製了禮服，萊卡妳已經有了吧？」

保險起見問問看。

如果沒有的話，感覺有點和我們格格不入。

「是的，有好幾件。」

「有好幾件啊……果然很像大小姐呢……那麼出席結婚典禮也沒問題囉。」

「是的，吾人會穿姊姊以前送我當禮物的禮服出席。」

真是上流階級的姊妹啊。

◇

然後，很快到了典禮當天。

我們一襲正裝，騎在變成龍的萊卡背上。

話說回來，之前從未搭乘萊卡移動這麼遠的距離呢。

反而是別西卜事件中，曾經避難過的兩個女兒比較習慣。

另一方面，哈爾卡拉卻臉色發青。

「難道有懼高症嗎？」

「不，我暈龍……」

「我覺得晃動沒有強烈到會暈啊……」

「體質問題，唯有這一點實在無解……我除了以自己的雙腳走路以外，完全沒辦法……之前逃跑等時候還搭過河上的船，卻嚴重暈船……」

該說這女孩各種毛病嗎，弱點還真多……

「好，服用能止暈的乾燥蘑菇吧……」

原來蘑菇有這麼多功效啊……

※結果之後暈龍的哈爾卡拉快要嘔吐，只好讓萊卡暫時降落在森林。

我搓揉哈爾卡拉的背部。徒弟正感到難受是事實，這也是不折不扣的工作。

「來，盡量吐乾淨一點，這樣會感到舒服些。」

「嘔——！嘔——！噢，舒坦多了……真不好意思，我實在很沒用……」

「別在這種地方自虐解嘲啦，現在想些可以冷靜的事情吧。」

女兒們似乎也對從未見過的景象感到好奇，而且時間正好，就休息一會吧。

「森林呢～夏露夏，這裡大約是什麼地方～？」

「這裡是米雷爾森林。在南堤爾州當中海拔比較低，因此綠意盎然。」

那孩子果然對地理十分熟悉呢。

「棲息一種叫做長矛野豬的大型魔物，因此幾乎沒有人敢靠近。」

「該不會就是那隻大型野獸吧？」

聽到這句話，我心驚回頭一瞧，確實有隻頭上一根長犄角的山豬衝過來。

原以為長長的犄角生活十分不便，結果眼看犄角愈來愈長。看來似乎只在發現獵物時，才會伸長犄角。

而且一眼就看得出，山豬的目標是女兒們。

「姊姊，光靠夏露夏可能贏不了……」

「法露法可能也有點難對付……」

我立刻衝到兩個女兒身邊。

「不准對女兒不利！這隻笨蛋（馬鹿）！啊，牠是山豬，既非馬也非鹿……總之，不准過來！」

抓住山豬的角，直接往正後方摔出去。

就像後拋背摔一樣。

摔倒的山豬察覺危險，頓時逃之夭夭。

「呼，這樣就解決了吧。」

可是還有幾隻同種類的山豬逼近我們。

看來似乎被包圍了。

其實騎上萊卡逃跑也不是不行。

「欸，哈爾卡拉，有感覺好一點了嗎？」

「我、我還想再呼吸一下森林的空氣……」

「好啦，知道了。萊卡，負責保護哈爾卡拉與女兒。」

「知道了，亞梓莎大人獨自應付沒問題嗎——應該沒問題。」

萊卡笑著說，不過她說得沒錯。

確實不必擔心。

後來我狩獵了大約五隻長矛山豬。

但當初沒料到會進入森林，因此沒帶短劍。是以物理方式打擊。

由於出現不少魔法石，果然不是野生動物，而是魔物。

「又讓師傅大人救了一命呢。師傅大人果然好強……」

暈眩消退的哈爾卡拉，表情茫然地開口。

「若是師傅大人的話，我願意讓您親一個……啵……」

「拜託，妳剛剛才嘔吐吧……」

理所當然，我才不會親她。

◇

之後騎回龍形態的萊卡身上，我們順利抵達洛可火山。

人類平常不會進入的火山後方，聚集了大批龍族，遠遠就看得出來。

「好厲害～！有好多龍喔！」（**法露法**）

「生物學觀點叫做紅龍。不屬於魔物，分類在龍族之中。」（**夏露夏**）

「萬一惹這些龍生氣，我這次肯定會沒命吧……」（**哈爾卡拉**）

原本心想，哈爾卡拉為何以惹龍生氣為前提思考，但考慮到她之前的人生經歷，擔心這些事情可能並不為過。

「現在還是第一次聚會，所以大家都以龍的外型吵鬧。先將各位介紹給新郎新娘與家屬吧。」

「知道了，一切都聽從萊卡妳的指示。」

發現空位後，萊卡落地，我們也跟著下來。

老實說，乍看之下根本連龍的性別都無從判斷。

眾龍的目光頓時望向萊卡。

「萊卡姊姊，妳好。」

「今天的翅膀還是一樣美麗呢。」

這種彷彿千金學園沙龍的氣氛是怎麼回事啊。

「與生俱來的事物沒什麼大問題。吾等所必須的，是誕生後該如何磨練自己。」

萊卡這番話聽起來超帥的。

「萊卡大姊，今天還是一樣帥氣呢。」

連龍族都有好帥的反應。由於在場全都是龍族，一直有超現實的感覺，但對於這些龍族而言，這樣可能很普通吧。

「今天各位出席家姊的結婚典禮，非常感謝大家。」

「參加萊卡大姊的姊姊結婚典禮，是理所當然的嘛。」

「是的，我受到蕾拉姊姊與委員會不少照顧。那麼看您十分忙碌，我們就先失陪了。等一下再找您聊天。」

說完後她們隨即離去。

「不好意思，亞梓莎大人。她們是學校的學妹。」

「啊，原來是這樣。學校嗎……」

「雖然說是學校，但也只學習基礎知識。正式的學識則化為人型，就讀大學比較快。」

「呃，這已經學富五車了……我現在稍微明白，萊卡為何這麼聰明了。」

「不會不會，完全比不上亞梓莎大人。還有待精進呢。」

話說回來，萊卡化為人形時，看起來像中學女生，那些女孩多半年紀也差不多吧。

我們穿梭在巨大龍族之間。有萊卡走在前方是很輕鬆，但如果沒有萊卡，其實這樣滿可怕的。

「大家都好大喔～！」

「姊姊，說別人好大可能很失禮。雖然確實很大沒錯……」

夏露夏與法露法似乎十分興奮，另一方面，哈爾卡拉一直低頭走著。

「萬一惹他們生氣的話，馬上就會沒命……被嘴裡噴出的火炎燒成焦炭……」

心想她的想法怎麼這麼消極，但可以明白，在場都是龍族確實會坐立難安。

眾龍喝著各式各樣的酒，享用各種佳餚，杯子和盤子都大得不得了。

盤子上盛放著切好的肉（尺寸實在無法讓人類享用）與蔬菜。

蔬菜則以五顆高麗菜之類為單位擺放。對龍族而言，大概像一口尺寸的聖女番茄吧。

「不要跑到盤子上喔。否則有可能被一起吃進肚子裡。」

萊卡事前就主動提醒。好，我們會記住的。

話才說完，哈爾卡拉就爬到盤子上，發出「啊～！不對啦！我不是食物啦！」的尖叫。

「今天全村的龍族都出席了，所以十分熱鬧。平時倒是更加悠哉一點，而且很安靜。」

「哦，這裡大約住了多少龍呢？」

「大約兩百五十隻吧？」

「還真多……」

「不過有些龍平時住在其他山裡。」

「龍族也有不同種類呢。」

「是的，也有些根本不配稱作龍——啊，父母與姊姊夫婦正好來了。」

前方站著四隻龍。

大型龍與小型龍各兩隻。

大型的多半是男性吧。

這麼看來，也逐漸能以尺寸區分龍族的性別了。

「女兒回來了。這一位是女兒的師傅，高原魔女亞梓莎大人。後方則是師傅的女兒法露法、夏露夏，以及與女兒同樣都是亞梓莎大人的徒弟哈爾卡拉。」

「我是萊卡的父親，有聽過您的傳聞。女兒沒有給您添麻煩吧。」

其中最大隻的龍開口。

「不會不會，受到她許多照顧呢……反而是我們不請自來，真是抱歉。」

「祝賀女兒結婚的人愈多愈好，怎麼會麻煩呢。哈哈哈哈！」

看來我們受到款待呢。

緊接著萊卡介紹龍姊「這是姊姊蕾拉」。我也低頭問候致意，女兒與哈爾卡拉跟著依樣畫葫蘆。

「我和丈夫一直是青梅竹馬，相隔八十年重逢後情投意合，因此決定共結連理。」

相隔八十年的時間間距有些怪異，但在龍族中應該很普遍。

「各位果然要以龍族的模樣舉行婚禮呢。」

飲食開銷多半很驚人，但如果這很正常的話，倒沒有什麼不對勁。

「第一次為龍的外型，第二次以後會以人的外型舉辦。畢竟身體太大，在小細節上不方便。」

龍姊姊如此說明。原來如此。

「不過今天真是和平呢。」

龍爸爸嘴裡嘀咕。

「真希望能這樣和平結束。」

這句話怎麼聽起來這麼像FLAG……

「這個，不好意思……請問有無法和平結束的例子嗎……？」

老實說，我一點也不希望發生這種事。

「嗯，其實龍族劃分成幾個部族分開生活。有些部族彼此關係不好，可能會來妨礙。」

龍族界也真麻煩。

「總之如果舉辦婚禮這種活動，就有可能跑來破壞。以機率而言，倒是比下雨還要低，所以可以不必神經兮兮……」

「是嗎？希望就這樣平安無事……」

「老公，要端出尺寸適合人類來賓食用的餐點才行。」

看似龍媽媽的龍開口，果然是比較小隻的龍。

「啊，沒錯……先讓他們享用置於二次宴會房的餐點吧。」

龍爸爸邁開沉重的腳步，我們也跟在後頭。

由於步伐幅度很大，得以小跑步才追得上。

「不好意思，亞梓莎大人。父親不太習慣與人類生活，因此無法掌握徒步的感覺。」

「不，沒關係。反正快一點也好。」

可是就在離開龍族群聚處的時候——

晴朗的天空突然變暗。

抬頭一瞧，我忍不住驚呼。

無數龍族籠罩了天空。

還有，那些龍族的膚色相較於萊卡等龍，顯得較藍。

「是藍龍那一群，他們跑來搗亂了！」

龍爸爸大喊。

「藍龍？還有這樣的種族啊……」

「沒錯，客人。居住在海因特州的藍龍，是不知羞恥、到處亂吐寒氣的野蠻龍族……」

上空的龍群忽然噴出白色的氣息。

碰到氣息的樹木頓時像隆冬般結冰。記得那好像叫寒冷吐息吧。

然後看到藍龍接二連三吐出氣息。

眼看化為冬季的範圍逐漸擴大。

「嗚哇……我不行了……對心臟很不好，快暈了……」

哈爾卡拉臉色發青癱坐在地上。

「這樣就暈過去可麻煩了，醒一醒啦！」

就在心想事情麻煩了的時候，藍龍們緩緩降落地面。

數量多達二十隻。

站在最前方，像是老大的藍龍開口表示。

「咯咯咯……洛可火山的紅龍族啊，聽說今天你們要舉行結婚典禮。聽得老娘很不爽，所以前來搗亂！」

居然光明正大說自己來搗亂……這有什麼值得炫耀的。

「才剛過三百歲就結婚，老娘可是單身了四百年以上！」
這是什麼偏見啊！
「而且二十年前，在聯誼會上向珍珠龍的對象求婚，對方居然以『妳是跑到紅龍的地盤上搗亂的老大吧……會熱衷於這種麻煩事的女性就抱歉了……』這種理由拒絕老娘！」
這根本就是活該吧！
確實，誰願意和整天忙著搗亂的人交往呢。
「這一切都是老娘的錯！」
居然毫不猶豫承認！
「但老娘還是要繼續搗亂洩憤！藍龍的內心就像寒氣一樣冰冷！不只這裡的結婚典禮會場，火山的火口部分老娘也派了分隊！連那邊也一起冰起來！」
怎麼有這麼討厭的傢伙……
「那傢伙名叫芙拉托緹，是號稱藍龍族惹人厭女王的龍女……」
龍爸爸附加說明。這種傢伙有一個就夠傷腦筋了……
「沒辦法……事到如今，只能全面對抗了……」
看來龍爸爸已經下定了決心。
傳來『隆隆……』的腳步聲，我回頭一瞧，只見我方也聚集了大批龍族。畢竟那麼多龍族大舉進攻，消息馬上就傳開了吧。

萊卡也擋在自己姊姊面前。

「姊姊，這裡很危險，和新郎一起後退吧！」

「是我們引發這起爭端，所以我要戰鬥。」

「我也要保護蕾拉戰鬥！」

新郎夫婦當然身為龍族，似乎不打算逃避。看來事情嚴重了。

另一方面，我必須以保護一起來的女兒與哈爾卡拉為第一優先。

「好可怕，媽媽……」

法露法緊緊摟著我。

夏露夏則抓緊我的禮服衣襬。

史萊姆精靈根本不是大群龍族的對手。

還有，哈爾卡拉不知為何仰面朝天躺在地上。

「為什麼會暈倒啊！」

根本就還沒承受攻擊吧！

「我、我在裝死。祖父在遺言中表示，遇見龍的時候要裝死……」

正當我心想，裝死反而危險的時候，奔跑的龍正好在哈爾卡拉身邊踩出深深的腳印。萬一偏離了一公尺，肯定當場沒命……

「我、我不裝死了……」

臉色發青的哈爾卡拉站起身。

「嗯，我覺得這樣比較好。」

「客人先找個安全的地方避難。這是龍族之間的爭執，由我們自己解決！」

話剛說完，龍爸爸已經直衝藍龍。

可是哪裡是安全的地方啊……

只見寒冷吐息也朝我們迎面撲來。

危險！我舉起右手施放火炎魔法。

火炎與冷氣相觸，彼此抵消。

結果宛如冷氣暫時降低溫度般，擋住這一招。

「好驚人喔，媽媽！但是，好可怕……」

「媽媽，這裡是戰場的正中央，遠離比較好吧……」

現在就聽從夏露夏的提議吧。

我緊緊握住兩人的手。

「妳們兩個，就交給媽媽吧！」

雖然升級至等級九十九並非出於本願——

但我現在要發揮所有的力量！

龍族大鬥爭

She continued destroy slime for 300 years

龍族的鬥爭完全化為激烈大戰。

相互朝對方吐息，或是以龍掌和尾巴碰撞，給對方物理性的傷害。由於彼此身軀都很龐大，雖然有種打泥巴仗的感覺，破壞力卻相當驚人。

我牽著兩個女兒的手，嘗試緩緩脫離戰場中心地帶。若只有我一人，要幫忙助陣也可以，但萬一遭受剛才寒冷吐息的直擊，女兒與哈爾卡拉可能會有生命危險。

不時會有流彈般的寒冷吐息迎面而來，我發出火炎擋住。

「他們看起來不像真的搏命，而是存心搗亂。但龍族彼此發生衝突，規模也特別驚人。若是一般人類介入，肯定會沒命。」

「天啊……我已經不行了……雙腳發軟，走不動了……」

「要是走不動了會沒命喔。強迫自己也要走。」

「我、我知道了……」

哈爾卡拉哭喪著臉，但現在只能讓她忍耐。

接下來，要說哪裡安全，應該是先後退而不是往前跑吧。

話雖如此，連後方的宴會會場都有藍龍闖入。畢竟對方會飛，繞到背後突襲也是理所當然的。

宴會的盤子底朝天翻倒，還遭到踐踏。

唔～這的確讓人心頭火起呢。

若只是嫉妒他人幸福的心情，倒不是不能理解。

只要不是聖人君子，難免會有這種想法。

但我無法原諒真的破壞他人幸福的傢伙。

怎麼能讓現充爆炸，破壞婚宴的進行呢。

真想大吼你們搞什麼飛機。甚至可以說，連我都想參戰。

不過現在以保護非戰鬥人員為優先。要踏入鮮血與暴力的世界，時機尚未成熟。

我緩緩採取撤退戰略。

萊卡與新郎新娘一同吐火，正與敵人交戰。

不愧曾經向我挑戰過，萊卡十分驍勇善戰。大概是紅龍之中最強吧。

龍女的體型明明比龍男小了一圈，卻足以與兩隻龍男相互抗衡。

「徒弟，表現不俗啊。」

我再度移動到幾乎沒有受損的樹木旁。

「法露法，夏露夏，在這裡應該暫時沒事，再等一下喔。媽媽絕對會幫助妳們。」
「嗯，法露法，會忍耐……」
「真是乖孩子呢，法露法。」
即使眼淚快奪眶而出，法露法依然拚命忍耐。
「媽媽，抱歉讓妳擔心了……」
「夏露夏，有什麼好道歉的呢，夏露夏沒有做壞事不是嗎？既然不需要道歉，那就沒有必要道歉。」
夏露夏的個性可能有點太過認真了。不過現在重要的是得救。
哈爾卡拉則不停嘀咕，不斷念著像是奇怪經文的東西。
「哈爾卡拉，妳在念什麼？」
「這是精靈代代相傳的咒語……在森林裡不會遭到野獸襲擊，絕對能平安無事。根據祖父的說法，沒有任何精靈念這段咒語後，還會在森林裡遇到危險的野獸。」
算是異世界版遭遇困難時求神拜佛吧……
一隻藍龍這時降落在我們正前方。
而且還特別大隻。不知是否心理作用，眼神看起來既犀利又冷淡。
「妳們也和洛可火山的紅龍族是一夥的吧。」
「是的話又怎樣？」

「乾脆扭斷妳們的一隻腳好了。只要你們受傷，紅龍的結婚典禮就算破局啦。」

這句話聽得我怒火中燒。

「不好意思，妳們就給我受重傷——」

「難道你為了嘔氣，不惜存心嚇唬這麼小的孩子（雖然活了五十年）嗎？都幾歲了，怎麼精神還這麼幼稚啊？你的龍生究竟過得有多悲慘？你到底是為什麼而活的？難道你想對別人炫耀『我嚇唬過小孩子喔～』嗎!?」

其實我的個性不太容易激動，但可能難得這麼生氣。

「呃，但我就是為了嘔氣才特地從遠方的山脈——」

「這算什麼理由啊！」

我迅速接近面前的龍，也不顧自己穿著禮服，抬腿踹了他一腳。

噗叩！

眼前的龍明顯痛得表情扭曲。

光是踹一腳當然不可能氣消。

畢竟他居然主動表示要傷害我的女兒。

做母親的怎麼可能原諒他。

這次改以右手揮拳。

啪嘰！

連續攻擊，不讓他有機會反擊。我絲毫不打算讓他有攻擊的機會。

「好、好痛……這、這女人是，怎麼回事……這到底是什麼把戲……？」

把戲？哪來什麼把戲啊。

只不過等級九十九而已。

以空中飄浮飛到龍臉的高度後，朝著臉使出連續踢腿。

最後從鼻子一旁揮出上鉤拳。

看來似乎造成腦震盪，龍當場倒在地上。

暫時成功拯救非戰鬥人員脫離了危機。

眼前的龍已經口吐白沫暈了過去，一時之間應該無法戰鬥了。

「媽媽好強喔！好厲害！」

「好尊敬，媽媽……」

「謝謝妳們倆。有妳們倆的支援，媽媽會更有勁喔！」

這時候，我偶然想起。

敵方龍族並未來到這些樹木旁。

換句話說，接下來只要壓制所有敵人來襲之處，女兒們就絕對不會受害。

好，那就大顯身手一番吧。

既然敵人的目的是搗亂，揍敵人一頓也絲毫不會心疼。

我要留下一百年、甚至兩百年都忘不了的內心傷痕，等著嘗到惹火高原魔女的報應吧。

「哈爾卡拉，妳帶法露法與夏露夏，找個地方躲起來。」

「我、我知道了！哎呀，難道師傅要挺身而出嗎……？」

「別擔心，我不會讓任何一隻敵方龍族靠近這裡的。」

我抓起倒在一旁的龍尾巴。

畢竟不保證他不會醒來，因此先將他拉開。

一邊拖著這隻龍，同時我趕往戰場。

沒過多久，騷動愈演愈烈。

終究是龍族之間的戰鬥，這也是理所當然。體型大到想躲也躲不了。

隨便找個地方將拖走的藍龍丟下後，我飄浮在空中一口氣縮短距離。

「我要揍扁所有藍色的傢伙！」

龍只要瞄準臉部攻擊就能輕易擊倒，剛才學到這一點。

朝龍的臉不斷發射火炎魔法。

「嗚哇！」「呀啊！」

慘叫聲隨即四起。即使是人類，臉部遭受攻擊也會畏怯。不好意思，我可不會留情。

不斷發射火炎代替打招呼。

有藍龍朝我吐出寒冷吐息，真是愚蠢的想法。

因為我發射的是火炎，當然能抵銷寒冷吐息。

如果以為人類的火炎魔法不足為懼，那就大錯特錯了。

至於最後一擊，我以拳腳使出。原本想使用雷擊魔法，但這種魔法超難調整威力。電死對方又覺得太過頭，因此將對方打個半死。採取不無謂殺生的方針。

基本上攻擊臉部，目標是ＫＯ對方。

既然是有知性的生物，只要腦部所在的頭遭受攻擊，應該會像麻痺一樣動彈不得。我不斷揮舞拳腳攻擊。

幸好順利揍暈了三隻藍龍。

接下來使用風魔法看看吧。

我飛到龍的頭頂上，朝正下方發動龍捲風。

兩隻龍被風颳得亂飛，用力撞到地面。

「亞梓莎大人！感謝您出手相助！」

身後傳來萊卡的聲音，萊卡目前正拍動翅膀展開空戰。

「我對這些傢伙超級不爽，才動手教訓他們一頓。沒狠狠揍他們，我心情不會爽快！」

一邊說話，同時我又揍向另一隻龍。以鐵拳制裁。

有句話說揍人的時候，自己也會痛，但我倒覺得還好。當然，即使有點痛我也會忍耐。因為這就是戰鬥啊。

「萊卡，不趕快收拾這一部分，盡快趕往火山的話就糟了。那邊好像也遭到了攻擊！」

「知道了！在亞梓莎大人的活躍下，現在吾等占優勢！這樣下去可以獲勝！」

話說回來，戰鬥中的藍龍數量減少了呢，我一人就擊敗了三分之一吧。擊敗這麼多，應該總會有辦法吧。

就在藍龍掃蕩作戰持續之際——

「妳究竟是什麼人？」

飛在空中的藍龍狐疑地詢問。

啊，她是藍龍的老大吧。

「我想想，妳叫呼拉呼拉提？」

「是芙拉托緹！妳是哪裡來的人類？為什麼人類能以物理攻擊打敗龍族！」

看她一副難以置信的模樣，因此我回答她。

「差不多就像『羅馬不是一天造成的』吧？」

「羅馬是什麼啊！」
啊，對喔，她不知道羅馬這座城市呢。
「有座古代城市叫做羅馬。總之只要孜孜矻矻累積，打擊傷害也能奏效。看，遊戲裡不也這樣嗎？」
「遊戲又是什麼啊!?妳怎麼一直說些莫名其妙的話！」
戰鬥的時候，前世的記憶總會特別強烈。畢竟在前世，只有遊戲中才有機會戰鬥。
好啦，無關緊要的話到此為止。
既然碰上頭目級角色，想帥氣地擊敗她呢。
我刻意背對芙拉托緹。
「休想逃！要比打架的話，贏的人可是我！」
誰要逃跑了啊。
反而是我才不會放過她。
將手朝向自己，我施放風魔法。
如此一來，自己就會被風推向前方。
以背部接近敵人。
然後順著風勢——朝敵人的鼻梁使出迴旋踢！

啪嘰！發出清脆響亮的聲音，踢腿順利命中！

但不愧是老大，光是這樣還不足以擊敗她。

「可惡！看我將妳凍成冰塊！」

真是有夠死心眼，只會這一招啊。

我朝敵人全力施放火炎。

火炎掩蓋了寒冷吐息，隨即直接燒向芙拉托緹的臉。

「哇──！好燙──！要燙傷了啦！」

是妳自己活該！

我飛到芙拉托緹頭上──然後一口氣急速下降。

「魔女腳跟踢！」

穿在腳上的結婚典禮用高跟鞋，毫不留情擊中頭部。

「嘎……啊………」

芙拉托緹隨即筆直墜落地面。

「是我贏了呢。」

擊敗老大成為改變戰局的契機。

還在場的藍龍都嚇得發抖，一溜煙逃回去。

「好啦，既然已經壓制這裡，應該就沒什麼問題了吧。」

我緩緩降落地面。

雖說是龍族，但沒什麼了不起呢。反而由於對手體型大，我的體形嬌小，更容易出手，還能準確瞄準對方的弱點攻擊。

「亞梓莎大人，真是神通廣大的表現呢！」

騰出手來的萊卡來到我身邊。

「這次與其說幫助他人，不如說是靠自己呢。」

「亞梓莎大人，能不能站在吾人的手上一下？」

萊卡將大大的龍手——動物的話應該叫前腳，但龍是高等動物，因此也自稱為手——伸到我的面前。我坦率地回應徒弟的請求。

然後萊卡捧著我，高舉到眾龍面前。

好像手掌大小的倉鼠一樣。

「各位！亞梓莎大人幫吾等擊敗了敵人！這就是高原魔女的力量！」

原來如此，類似主角訪談的踏腳臺嗎！

「剛才有看見，真的好厲害啊！」

「高原魔女萬歲！」

「不愧是世界最強的生物！」

沒有啦，世界最強生物這種稱號太沒有女孩子氣了，還是別這樣吧……但眾龍似乎都在讚美我，無價。

不過要上演大團圓還太早了，戰鬥尚未結束呢。

「現在得前往洛可火山的火山口才行。那裡要是落入敵人之手，可就麻煩了吧。」

「沒錯……那裡有不少觀光客，也有可能波及一般民眾……況且今天是結婚典禮，留在那裡的龍族也不多，不知道能不能堅守住……」

那麼可得加緊腳步才行。

「萊卡，載我到火山口去！」

如果火山口的受害增加，結婚典禮也會惡化至極點。

反過來說，只要遏止該處的受害，典禮就能繼續進行。既然已經贏了這場鬥爭，能有個圓滿的結尾，或許一切就能順利落幕。

「知道了！請師傅騎上來吧。」

輕輕抓起我的萊卡，讓我直接乘坐在背上。

「那就出發囉！其他能戰鬥的龍族也請一起跟來！」

◇

由萊卡打頭陣，起飛翱翔。

以迄今最快的速度。

回頭一瞧，只見大約五隻龍跟在後頭。

這樣的人數應該足夠了。

火山噴出的煙並不強烈，但要進入火山口還是需要相當的勇氣。

「洛可火山內呈現一個大空洞，許多龍族居住在該處。與龍族相關的人物前來旅行也十分常見。」

進入火山內部後，的確見到類似人類城鎮的建築。

「迎接觀光客或官員時，會在那種接近人類城鎮的地點，以人類的模樣應對。雖然也有龍族平常以人類的模樣生活。」

「原來如此。不過乍看之下，似乎完全沒有已經爆發戰鬥的跡象……」

眼看愈來愈接近位於火山口的城鎮，卻一點也不混亂，也沒看到龍族在戰鬥。

「咦……？真是奇怪……該不會已經全滅了吧……」

萊卡不禁說出最壞的結果。

這也太慘了。拜託，大家一定要平安無事啊……

等萊卡降落在城鎮外，我也從萊卡身上跳下。

隨後萊卡變成少女的模樣，一同搜索城鎮。

這裡與人類城鎮差別不大，大馬路兩旁有兩層樓的石造建築以及磚瓦房舍。

「怎麼安靜得出奇呢。」
「吾人也有同感……」
事情發展完全出乎預料。
原以為這裡也會爆發激烈大戰，卻安靜得有些詭異。
覺得四周安靜得讓人坐立難安的同時，我們前往城鎮後方。
「希望姊姊的結婚典禮，能夠順利落幕……希望能舉辦成功……」
耳邊傳來萊卡嘀咕的聲音。
「放心吧，一切都會平安落幕，姊姊的結婚典禮也會繼續進行的。」
我將手置於萊卡背上，試圖讓她多少放下心來。
這時候，忽然傳來陌生的聲音。
「嗚……咕……嗚嗚……」
什麼聲音啊？呻吟聲？
聽起來好像是龍傳來的……
心中抱著不安的同時，繼續往前走，衝擊性的光景隨即映入眼簾。
五隻藍龍躺倒在廣場上。
藍龍似乎已經沒有餘力戰鬥，所有龍都癱軟無力。
廣場下方看似有個發光的圓形陣，可能是這個魔法的關係。

「難道這樣子，算是我們贏了嗎……？」

「看起來沒錯，但從未見過這種魔法呢……究竟是誰使用的呢……」

萊卡似乎還不明就裡，我也不知道這是什麼魔法。

「類似束縛敵人的咒縛系魔法嗎？不，不是呢。這反而是吸收力量，讓目標衰弱得無法動彈呢……是滿凶狠的系統喔……」

就在我們現場採證的同時，認識的對象跟著現身。

「怎麼，是妳們啊，在這裡見面真是巧合哪。」

回頭望向聲音的來源，只見別西卜站在該處。

「咦……的確很巧沒錯，但妳怎麼會在這裡呢……？」

「因為這裡是觀光地啊，這座火山口會湧出很棒的溫泉，小女子偶爾會來這裡悠哉地消除疲勞呢。」

原來是溫泉旅行……雖然這可以說明別西卜出現在這裡的原因。

「話說，那些藍龍怎麼了嗎？」

「因為他們太吵了，才懲罰他們。」

別西卜說得輕描淡寫。

「小女子在鎮上散步的時候，這些龍突然出現。說要綁架觀光客，讓此地的觀光價值一落千丈，說些不解風情的蠢話。所以小女子才出面，給他們一點教訓。」

撿起小石頭的別西卜，朝無法動彈的龍一丟。

「這是會引發極度衰弱的魔法。由於只在魔族中流傳，妳們可能不知道吧。像這樣困住罪犯剛剛好。」

「難道妳一人就戰勝了五隻藍龍嗎!?」

一臉狐疑的萊卡詢問。

「啊？小女子怎麼會輸給區區五隻龍啊。寒冷吐息根本不算什麼，小女子能噴出更酷寒的冷氣。畢竟是活了三千年的高等魔族，怎麼可能會輸呢。真是的，少侮辱人了。」

然後別西卜滿臉通紅，露出不悅的表情。

「亞梓莎，妳也一樣，上次用卑鄙手段贏了小女子，該不會也將小女子與這些無名小卒相提並論吧？下一次堂堂正正對決，鹿死誰手還不知道呢！畢竟小女子可是很強的！」

「啊，可是我覺得那已經無關緊要了。」

「等一下！怎麼能說無關緊要呢！這可是非常，超級重要的事情哪！」

靠近別西卜後，我摟住她來個擁抱。

「謝謝妳！多虧妳的幫忙，紅龍才能免於危機呢！」

「嗚哇！不要抱小女子！這樣很難為情哪！況且小女子才不是為了妳而出手，是這些糟糕的龍仔太得意忘形，才會教訓他們的！」
「哎呀，別西卜，怎麼聞起來有剛泡過澡的香氣呢。」
「因為小女子的確剛泡過澡——等等，那些都不重要，趕快放開小女子！」
今天，我弄明白了。

別西卜∨龍族

◇

火山口鎮平安無事的消息，迅速傳回結婚典禮的會場。
就這樣，鬥爭順利平息。
至於我呢，一回去就直奔女兒與哈爾卡拉。
「剛才好害怕喔，媽媽～！」
「謝謝媽媽來救我們。」
「差一點要在樹上刻下遺言了……」
兩個女兒，連哈爾卡拉都摟住我。不過哈爾卡拉沒地方抱，勉強伸出手從背後摟住我。

「因為師傅遲遲沒有回來，還以為師傅遭到龍的攻擊有什麼三長兩短……擔憂甚至傳染給法露法與夏露夏……才會愁眉苦臉……」

糟糕，回來太晚還會引發這樣的問題啊。

「抱歉喔，剛才實在無法早點回來。」

「媽媽那邊比較辛苦，沒關係。」

「因為媽媽回來了，難過的事情統統忘記囉！」

我反覆緊緊摟住兩個女兒。

多虧某位人物出手，善後處理十分迅速完成。

別西卜也幫忙施放衰弱魔法，讓攻進結婚典禮會場的藍龍動彈不得。

如此一來，就不會有敵人突然抓狂的風險。

「真是的，為什麼來泡湯的小女子得做這些雜事啊。」

雖然嘴裡抱怨，但別西卜還是讓所有藍龍都動彈不得。

「謝謝妳，這樣就可以不須擔心了。」

「拜託，毫無顧忌委託小女子，拒絕也很難為情呢。」

我漸漸明白該怎麼對待別西卜了。

只要有人拜託她，就很難拒絕。

……不過總覺得，這種說法好像自婊耶。

接下來，雖然很想繼續舉辦結婚典禮，但在開始之前，有件事情得先解決。

「好啦，該做個了斷囉。」

即使一臉笑容，但這次真的惹火了我。世界上有些事情可以做，有些事情可不能。

「呼拉呼拉塔，請妳變成人型，這樣比較好說話。」

「我叫芙拉托緹！名字記清楚好不好！」

「快點變成人形，我有話要說。」

芙拉托緹這才不情不願化為人型。

雖說是人型，但與萊卡不一樣，除了頭上的角以外，後頭還拖著龍的尾巴。

服裝則是相當漂亮的粉紅色洋裝，一頭紫色的長髮。

不過衰弱魔法正發揮效果，身體依然趴在地上。

「這樣總行了吧……妳有什麼目的……？」

交涉就由萊卡出面吧。

「首先，關於這次鬥爭的賠償金額，妳得支付這麼多。」

化為人型的萊卡向芙拉托緹秀出一張紙。

「呃……要、要賠這麼多錢啊……」

「包括精神撫慰金與傷患的慰問金，這些錢總該拿出來吧。如果不想出的話，難道要永遠趴在那裡嗎？」

「這、這我也不要……」

打輸的人沒資格抱怨。

「知道了……我答應這個條件……」

好，交涉成立。

不過既然機會難得，再向她提出一個條件，正好現在有適當的第三者在場。

我拉著別西卜，來到芙拉托緹面前。

「來，除了賠償金以外，還希望妳簽訂另一項條約。」

「妳說條約……？」

「沒錯，就是藍龍與紅龍之間的非戰條約。當然，存心找碴進攻的舉動更是禁止。」

「怎、怎麼這樣……這樣我就失去活著的意義了……」

不打算結婚的人說這種話可能有點犯規，但我覺得她就是這樣才結不了婚。

「不簽定的話，一輩子都回不了故鄉喔？」

一臉笑容的我向芙拉托緹表示。

「心情就像回不了家，三天都在職場過夜喔？」

「咿——！笑容好可怕！」

「那麼就簽訂吧，好不好？」
「知道了……我簽！我簽就是了！所以饒了我吧……」
「亞梓莎大人……原來已經想到這些了啊……」
沒錯，這個計畫甚至沒有告訴萊卡。
「這麼一來，洛可火山應該也能恢復和平吧。」
「真的非常感謝您！」
萊卡也對我表達深切的感謝，讓我的心情好轉了些。
條約由萊卡與芙拉托緹兩人順利締結。由於萊卡在力量上為龍族之首，因此足以代表紅龍。
然後我輕輕戳了戳別西卜。
「拜託妳，致幾句詞吧。」
「知道了啦……小女子說還不行嗎！」
別西卜輕咳了一聲後開口：
「另由小女子與高原魔女亞梓莎，見證此次條約締結。如有違反條約之情事，就是不給小女子與高原魔女面子。妳可得牢牢記住了。」
聽得芙拉托緹臉色發青。某種意義上，表情彷彿要噴出強烈的寒冷吐息。
「我怎麼可能贏得了高原魔女與蒼蠅王嘛……」

「那還用說。區區藍龍，小女子五分鐘就能滅了妳們。不想被滅的話，就老老實實過日子。」

芙拉托緹抱著頭傷腦筋。

「早知道就不該來鬥爭……」

於是，善後處理順利落幕。

負傷的藍龍們搖搖晃晃回去，在支付賠償金之前，只有芙拉托緹留下來充當人質。

「別西卜，真的由衷感謝妳。事情終於圓滿落幕囉。」

「也只有妳敢如此使喚蒼蠅王。取而代之，邀請小女子參加什麼活動吧。」

「嗯，那麼有活動的話，會再找妳來。」

其實別西卜是個大好人呢。

「今後會再拜託妳喔！」

之前一直受人委託，有人可以倚賴讓人寬心不少。最後我又擁抱一次別西卜。

「別一直纏著小女子不放！」

接下來，就只剩下繼續舉辦結婚典禮了。

法露法與夏露夏

史萊姆的靈魂凝聚而誕生的妖精姊妹，大約活了五十年。姊姊法露法的個性較孩子氣而天真，妹妹夏露夏則文靜保守。兩人都最喜歡亞梓莎媽媽。

媽媽，抱歉讓妳擔心了……
最喜歡媽媽了！
© Benio

這個……希望師傅能幫幫我！
© Benio

哈爾卡拉

精靈女孩，亞梓莎的徒弟二號。年齡十七歲又兩千五百個月。具備人人都羨慕的好身材，以及讓「營養酒」暢銷的優秀頭腦……不過在各種地方都十分可惜。

別西卜

名為蒼蠅王的高等魔族，魔族界的菁英。活了三千多年。雖然很有魔族的好戰性格，其實和亞梓莎一樣很會照顧他人。

只要待在妳身邊，彷彿就會發生趣事，真是期待哪。
© Benio

家族全體溫泉慢活

She continued destroy slime for 300 years

第一次婚宴由於藍龍搗亂而鬧得天翻地覆，結婚典禮改在第二次婚宴後舉行。不過龍族的結婚典禮，沒有新娘新郎誓約這種儀式性的過程，因此到目前似乎都沒什麼大問題。

然後到了第二次婚宴。

老實說，與第一次婚宴完全不一樣。

畢竟大家都以人的外型，而非龍的模樣參與。

宴會在舉辦活動用的寬廣建築物舉辦。每一張圓桌上的佳餚都堆積如山，不過與第一次婚宴見到的龍族尺寸相比，還算合乎常識。

頭上長角的龍人們熱絡地談笑風生，同時享用美食。

以相當普通的立食宴會而言，確實是宴會。只不過大家的食量都非比尋常。

即使是看起來年紀相當大的龍人，食量都有五人份。

萊卡平時總是吃得十分保守呢……能吃的話還是讓她盡量吃吧……

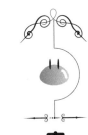

我們也跟著享用，但數量十分驚人，在嘗過所有菜餚之前就已經飽足了。

夏露夏首先撐不住，因此由法露法帶她到放在房間牆邊的椅子休息。盡到姊姊責任的法露法真了不起。

「媽媽，已經吃不下了……」

法露法倒是吃了不少。雙胞胎如果食量不一樣，體格應該也會產生差異。但外表幾乎相同，可能因為是精靈的緣故。

另外，哈爾卡拉的食量出乎意料地大。

而且她居然說「不知為何，我吃東西的營養好像都會跑到胸部和屁股呢～」

雖然沒有因為吃太多而弄壞身體，但其他部分卻又讓人聽得洩氣。

「哇～這種酒真是烈呢～我已經喝暈了……」

一喝酒就不勝酒力，整個人醉茫茫。

只見她步履蹣跚的同時，嘴裡依然不停地吃，但我已經預見她吐光吃下食物的未來。

「真是的，那精靈難道除了釀造『營養酒』以外，沒有任何長處嗎？」

別西卜端著盛裝堆積如山的義大利麵盤子，大口大口吃著。

「魔族真是能吃呢。」

「好吃的東西就要吃，這才是健康的祕訣。」

活了三千年應該跟健康沒什麼關係，但特地吐槽她也未免太不識趣。

萊卡則不愧是龍族，吃得最多。雖然採自助式，但光是我見到的，應該已經第七盤了。

「從人類的視角看來是大胃王，但在萊卡看來很普通吧。」

「戰鬥之後肚子特別餓，因此吃得比平常多一些。」

龍族似乎沒有減肥的概念。

雖然好像只有提到吃，但當然也有其他要素。畢竟這可是結婚典禮呢。

「亞梓莎大人，再度向您介紹姊姊與姊夫。」

人類模樣的新郎新娘確實是一對俊男美女。

新娘不愧有血緣關係，是與萊卡有幾分神似的美女。新郎也像輪廓深邃的好萊塢明星。

「亞梓莎大人，別西卜大人，多虧兩位這次的活躍，典禮才得以繼續進行。我和妻子蕾拉都非常感謝兩位。」

「真的很感謝兩位，今後我們龍族還請兩位多多指教。」

見到新郎新娘行禮，我急忙低頭致意：「不會不會，我只是稍微出手相助而已……」

「認清楚自己的立場很好。下次如果依然臣服於小女子，倒是可以幫助你們喔。」

手扠腰的別西卜，擺出「嗯哼！」的得意姿勢。

「妳的架子太大了吧。要謙虛，謙虛一點！」

「為什麼啊。小女子本來就很偉大，有什麼關係。小女子平常本來就這樣～♪」

好，今後就一直將別西卜捧上天，好好利用她吧。

——就在這時候，氣氛微妙地改變。

藍龍老大的女性此時前來，手裡捧著一束玫瑰花。

「啊，妳是可可拉提！」

「是芙拉托緹！為什麼妳一直記不住名字啊！」

對了，她充當人質留在這裡呢。

「這個……蕾拉……」

來到新娘面前的芙拉托緹，別過視線同時開口。

「恭喜妳……今後要獲得幸福喔……」

然後將玫瑰花遞給蕾啦。

哦，這隻藍龍原來也有好的一面嘛。

起先新娘還十分驚訝，但隨即滿臉笑容收下花束。

「謝謝妳，芙拉托緹。」

「這次是我輸了。既然輸了，就老實祝福你們吧……」

看來她不是壞到骨子裡的人。因緣巧合下，感受到類似友情的事物。

「嗯，我會連無法結婚的芙拉托緹的份，一起過幸福的日子喔。」

新娘的話中微妙地帶刺。

「這、這什麼意思啊！我、我哪有無法結婚！只是沒有好男人而已！」

「哦，之前不是炫耀過好幾次，像是找到了好男人，或是有機會結婚嗎？」

看似想起難為情的回憶，芙拉托緹頓時滿臉通紅。

「哼！你們趕快離婚啦！就算將來生了小孩，我也絕對不會祝賀！」

然後逃往會場的角落。

「她們的關係好像很複雜呢，萊卡……」

「紅龍與藍龍雖然是敵對關係，但並非不共戴天的仇人，而是有些過節。這部分如果不是龍族當事人，可能無法理解……」

不，我好像多少明白了些。

之後，我和萊卡兩人一起去端從第二次宴會一開始就鎖定的甜點。

據說龍族製作的蛋塔、布丁與起司蛋糕，每一道都是極品。

基於「吃甜食是另一個胃」的理論，大快朵頤一番。

「噢噢！這種不會太甜的甜味深處充滿層層美味，真是夢幻！」

我和萊卡坐在會場牆邊的空位上。

「這個，亞梓莎大人，可以拜託您一件事嗎……」

不知為何萊卡十分客氣。

「嗯，什麼事？」

「頭、頭可以靠在您的大腿上嗎……？」

萊卡提出相當難得的要求。

「其實，以前吾人經常這樣拜託姊姊……」

噢，原來如此。對於萊卡而言，這次姊姊結婚後就要離她而去了。

「好啊，大腿想靠多久就讓妳靠吧。來，頭放上來。」

「不好意思提出奇怪的要求……」

客氣的萊卡輕輕將頭躺在我的大腿上。

「吾人從以前在運動方面就比姊姊優秀，打架也是吾人較強。但每當碰到什麼事，就會想躺在姊姊的大腿上。雖然有一點硬……」

「原來如此。而姊姊已經出嫁了，拜託有夫之婦這麼做的話，對姊夫也過意不去，對不對？」

「這個呢……答案已經……很接近了……」

難為情的萊卡回答。

即使平常堅毅而認真的她，也會有想撒嬌的時候。

「可以不要當我是師傅，而是姊姊喔。」

「不，今天終究是特例……」

「那麼就好好享受特例吧。」

話說回來，我雖然有女兒，卻沒有妹妹呢。

將萊卡視為妹妹可能也不錯。

就這樣，我和萊卡度過了一段不可思議的時光。

畢竟已經活了三百年，像這種不知該如何分類的時間，其實也無妨吧。

——這時候，會場後方好像產生一陣吵鬧。

仔細一瞧，哈爾卡拉躺在會場的地上。

那女孩在做什麼啊……

「哈爾卡拉姊姊，快起來～！」

法露法與夏露夏出聲呼喊，但她似乎沒有清醒的跡象。

「哈爾卡拉小姐，地上很髒喔。」

「嗚咿～難道不喝我釀的果實酒嗎～嗚咿～」

現在她是會場最受矚目的人，而且肯定比新郎新娘更受矚目。

拜託，可別做出什麼太丟臉的事啊……

「拜託，妳這精靈真會麻煩人照顧哪。」

這時候別西卜前來，將哈爾卡拉背在背上。
「我送妳到有床或沙發的地方去吧。」
她還真是好人呢……魔族人還這麼好，真的可以嗎？
偏偏哈爾卡拉就這麼傻，這點善意不足以讓事件平息。
只見她遽然臉色發青。
「嗚……好難受……好想吐……」
「什麼！喂！妳可別吐在背上喔！絕對不准吐喔！」
聽到這句話的別西卜也臉色鐵青。
「就算叫我不要吐，可是真的湧上胸口了……」
「妳敢吐的話，小女子就將妳大卸八塊，連靈魂都燒光！」
「要、要沒命了啦！啊，糟糕，糟糕！嗚、嗚！」
「廁所！廁所在哪裡！」
最後兩人朝廁所方向消失。
既然哈爾卡拉沒被大卸八塊，大概是趕上了吧。
第二次宴會最後，在眾人唱歌祝福新郎新娘之下落幕。龍族的民謠是十分有活力的歌。
原本以為差不多該回去了——

「機會難得，妳們乾脆在火山口的旅店住下來吧。」

別西卜這麼說。

「咦，話說好像有溫泉是吧？」

「嗯。應該說正因為有溫泉，小女子才特地前來過夜的。」

「好，就過夜吧！」

向萊卡表示想全家留下來過夜，萊卡便迅速幫我們辦手續。

我是解決這次騷動的英雄，因此得以免費住宿。

◇

而現在，我們都浸泡在溫泉中。

不愧是火山，旅館也有好幾座露天浴池，而且還有房間專屬的大型露天浴池，真豪華。

「法露法，很擅長蛙式喔～！」

「看起來根本就是狗爬式……」

兩個女兒在寬廣的浴池中開心玩耍。

「妳們兩個，不可以在浴池游泳——其實也沒必要，畢竟這是房間專用呢。要游泳也可以，但不要熱昏頭了喔。」
「好～！」「嗯。」
聽到女兒的回答，應該沒問題吧。
小孩以外的成員都悠哉地浸泡在溫泉水中。
「對龍族而言，這種浴池並不罕見，但大家一起泡真開心呢。」
萊卡就坐在我的右邊。
「對啊，真是舒服的溫泉呢。」
今天的戰鬥我也十分拚命，能像這樣消除疲勞真是太感激了。
附帶一提，哈爾卡拉坐在我的左側。
「熱呼呼的溫泉對於醒酒最好了～好舒服～」
「哈爾卡拉雖然之前遭遇悽慘，但只要有好結局，一切就ＯＫ，所以想法積極一點吧。」
「好，我知道了～哎呀…………看來，我好像有點熱昏頭了……」
「看來結局也不怎麼好嘛！」
——這時候，某人從後方拉起哈爾卡拉，讓她躺在岩石地上。
「真是的，在那裡納涼吧。這裡是露天池，應該很快就舒服多了。」
果然是別西卜。

© Benio

「雖然是不同房間，但現在何必在意這些小事呢。一旁有空位，請吧。」
「嗯，小女子就不客氣了。」
哈爾卡拉離開後，換別西卜來補位。
「只要待在妳身邊，就有機會發生趣事，真開心哪。」
「雖然也有不少事情難以概括成趣事呢。不過這次多虧妳的幫忙，能保護這座城鎮，也是因為有別西卜妳啊。」
「說好幾次了，驅逐藍龍不是為了妳們，而是結果如此。要表達感謝隨妳們便。」
「那我就自行表達感謝囉。況且只要拜託妳，妳總是會幫忙吧。」
「還、還好啦……話說還要一對一決勝負喔。」
「嗯嗯，知道了啦，姊姊。」

奇妙的沉默瀰漫。

說出口後，連我也「哎呀？」狐疑了一下。
「為什麼，小女子是姊姊啊……？」
「沒有啦，因為只要拜託妳，妳就會幫忙許多事啊。又會照顧人，該怎麼說呢，很有姊姊的感覺嘛……所以才叫姊姊……呵、呵呵……」

說著，我笑出聲來。

「對啊，對啊。有兩個女兒，萊卡當妹妹，別西卜當姊姊，這樣的家族也不錯呢。」

雖然不再獨居慢活，但一旦家庭成員增加，就變得愈熱鬧愈有趣。算是第三百年的概念轉換。

「我當妹妹嗎……知道了……姊、姊姊……」

「聽萊卡這麼稱呼，感覺別有風味呢。」

「需要人照顧這一點確實是妹妹哪，沒錯。」

別西卜也吁了一口氣，點點頭示意。

「媽媽，好像很開心呢！」

「媽媽，露出好棒的笑容。」

女兒似乎也能體會到我開心的心情。

「話說啊，這麼一來，不就剩下一個人了嗎……？」

視線望向後方的別西卜表示。

「呼～晚風能醒酒與降溫呢……」

啊，還剩下哈爾卡拉。

外表年齡看起來像姊姊，但我實際年齡比較大，況且她絲毫沒有姊姊的模樣……

「哈爾卡拉是……這個……傷腦筋的晚輩……？」

「哪有這樣的啦，師傅～！」

除了哈爾卡拉以外，所有人都大笑。

笑聲不絕就是溫馨家族的證據。

附錄

女兒回鄉

She continued destroy slime for 300 years

「話說回來，法露法妹妹與夏露夏妹妹的故鄉在哪裡呢？」

早餐時間，哈爾卡拉詢問。

剛才話題正好聊到哈爾卡拉老家的精靈森林。

「在貝爾格立亞。」

法露法立刻回答。這地名我從未聽過。

「深邃森林貝爾格立亞，據說沒有人住在森林裡。事實上，只有一間遭人遺棄的工作小屋，沒有人住在裡面。我們以前就住在小屋裡。」

聽夏露夏的補充，好像是相當可怕的地方。

「似乎很有趣呢～好想去看看喔～」

「哈爾卡拉，剛才這番話哪裡聽起來有趣了啊？」

哈爾卡拉的價值觀絕對有問題。

「因為那可是森林喔，精靈怎麼可能害怕森林呢。」

原來如此，不論對精靈而言是否詭異，只要是森林就沒問題嗎！

「可能，有點想回去看看……」

只見夏露夏略低著頭表示。

「對呀，法露法也想見見大史萊姆！」

「大史萊姆？」

又出現了奇怪的詞彙。

「是這世界上最大隻的善良史萊姆喔！」

那座森林裡似乎存在特殊史萊姆。既然史萊姆妖精會從那裡誕生，與史萊姆有關應該也不足為奇。

「那就挑一個好天氣去看看吧。只要騎在我的背上，大家就可以一起去了。」

連萊卡也表示贊成，因此決定全家回到女兒的故鄉。

以萊卡的龍型態飛往貝爾格立亞森林，大約需要三小時。就算萊卡的時速有六十公里，距離也有一百八十公里，相當遙遠。

森林的確相當深邃，幾乎沒有光線照入。

高聳的樹木遮住了陽光。

「哦……相當陰暗呢。腳下生長著依靠微弱光線也能生存的蘑菇，這明明很罕見呢～」

發現蘑菇的哈爾卡拉十分興奮，但化為人型的萊卡一臉憂鬱表示「陰氣讓人喘不過氣」。我的感想與萊卡差不多。

「妳們兩個是在這種地方長大的嗎？」

「沒錯喔！是好地方吧！」

「靜謐的環境是最適合研究學問的地點。」

原來兩人會博學多聞，也是受到當地影響啊。

住在這裡確實適合培養沉思者，雖然好像沒有人住在這裡。

「不知道大史萊姆還好嗎？」

「大史萊姆只是在那裡而已。不適用好不好、有沒有問題這種概念。」

這番對話聽起來好像大史萊姆是神明之類。

「法露法，好想以全身感受大史萊姆呢！」

「與大史萊姆合而為一，就能從煩惱與疲勞中解放。」

拜託，大史萊姆到底是什麼啊!?

在森林裡走了二十分鐘後——

眼前出現巨大寶石般，閃閃發光的山丘。

縱使無人住在這裡，也很難想像會將這麼大的寶石留在這裡……這到底是什麼啊……？

「是大史萊姆喔，媽媽！」

「咦，這就是!?」

「這麼說來，看起來確實像史萊姆呢。史萊姆變得特別大的話，該不會就是這樣吧。」

走進史萊姆的萊卡以手掌拍了拍。

我也同樣拍了拍，觸感確實很像史萊姆。

「哇——！」

脫掉鞋子後，法露法衝上史萊姆山丘。

爬到距離地面約幾公尺的頂端後，開始蹦蹦跳跳，在頂端滾來滾去。由於史萊姆有彈性，身體一跳起來就像彈簧床般飄浮在空中。由於傾斜度不陡，不用擔心摔落。

「好像小孩子的遊樂器材……」

夏露夏也跟著姊姊脫掉鞋子，緩緩爬上大史萊姆。脫鞋似乎是禮貌。

「師傅大人，怎麼樣？她們倆已經跑過去了……」

即使在森林裡泰然自若，但似乎害怕異質的史萊姆，哈爾卡拉顯得有些膽怯。

「女兒不會帶我們到危險地方的。」

我們也跟著女兒上前。當然鞋子也脫掉了。

腳踩在QQ的地方，不斷往上爬後，很快就登上軟綿綿的頂端部分。
這時候才明白大史萊姆的美好之處。
「冰冰涼涼的，好舒服呢！」
沒錯，在這隻大史萊姆上頭滾來滾去可以放鬆，而且又冰涼又舒適。
「亞梓莎大人，這會上癮呢。」
連萊卡的表情都難得地放鬆。不過這隻大史萊姆具備讓人墮落的力量，沒辦法。
至於哈爾卡拉，趴在大史萊姆上頭五分鐘左右，便進入了夢鄉。
「法露法與夏露夏呢，念書念累的時候，會來大史萊姆這邊休息喔。」
「史萊姆就該在史萊姆身上休息。這才是最合理的。」
是不是合理有待商榷，但不否定大史萊姆的確具備這麼高的價值。
不過這終究是史萊姆。
可不是什麼旅館櫃檯的沙發。
之前我完全忘了這件事。
在我面前的地面——不，史萊姆的一部分隆起。
然後逐漸化為接近人類女性的外型，隨即固定。
「這、這是什麼啊……」
我不由得擺出架式。某種意義上，這比法露法她們更像史萊姆妖精。

「啊，大史萊姆出現囉！」

「好久不見。」

兩個女兒主動打招呼。對了，以人格而言也算是朋友吧。

「能遇見妳們，我也感到很高興。今天全家人都來了呢。」

大史萊姆似乎能正常地交流。

「妳就是高原魔女亞梓莎吧。」

突然聽到她稱呼名字讓我有些驚訝。她怎麼會認識我呢……

「我名叫大史萊姆，為了保護善良史萊姆而凝聚，化為集合思念體而形成。結果則是與全世界的善良史萊姆內心連結。因此我很早以前就得知妳這位魔女了。」

怎麼好像超高境界的存在啊！

「這個……妳好……我是高原魔女亞梓莎……」

為了避免失禮，我先低頭致意。

「話說，妳以前狩獵過相當多史萊姆吧。」

心驚……

她果然提到這一點……

「這個……您該不會，生氣了吧……？」

肯定會生氣吧……畢竟她是史萊姆啊……

「不會。」

大史萊姆搖了搖頭。她似乎原諒了我。

「雖然並非沒有想過，但妳利用狩獵大量史萊姆獲得的力量，幫助村民，幫助家人，以及幫助從史萊姆靈魂誕生的法露法與夏露夏。這是善良的行為，希望妳今後能繼續維持。」

「感謝您的肯定。」

高境界的對象似乎認同了我。

「附帶一提，妳的人類力總分是九十四分。」

雖然她以神祕的分數評價我，但得分很高，感覺並不壞。

「大史萊姆能公平幫人打分數，很了不起喔，」

夏露夏解釋給我聽。

「接著，是萊卡。」

聽到自己被指名，萊卡也嚇了一跳。感覺就像被老師叫到名字呢。

「由於妳以前號稱紅龍族最強，因此顯得有些自傲。但妳在達到此一境界之前的努力可圈可點，輸給亞梓莎後更努力鑽研精進。實在相當難得。八十二分。」

「感、感謝您……」

萊卡似乎也獲得了還算及格的分數。

「太好了呢，萊卡。大史萊姆識人的眼光很準喔。」
「聽妳這麼說，反而有些害羞呢……」
即使不敢坦率而裝模作樣，但萊卡對於讚美似乎暗喜在心中。
「那麼，接下來是哈爾卡拉。」
大史萊姆望向酣睡中的哈爾卡拉。
「哈爾卡拉……五十一分。」
「不只低分，還沒有說明！」
顯然只有一人這麼草率！
「哈爾卡拉的確具備深厚的配藥師知識，實際上也進入森林持續觀察並調查，足以獲得高分。個性也開朗活潑，只不過……卻冒失又馬虎，糊塗程度還是罕見的極品……更經常造成他人麻煩……為了促使她今後改善，因此評為五十一分。」
「沒錯，完全沒錯……」
我和萊卡不禁苦笑，畢竟這段評價含有愛心。可是——
「大史萊姆，這樣不對喔！」
出乎意料，法露法表示反對。
只見法露法來到哈爾卡拉面前。
「哈爾卡拉姊姊包含冒失的部分，才是哈爾卡拉姊姊！如果認真又謹慎，不會犯錯的話，就不是姊姊了！這樣就只是單純的陌生人了喔！」
這句話讓我茅塞頓開。
沒錯，這等於要她成為完美無瑕的人。
當然，如果自己是公司社長，哈爾卡拉是屬下的話，完美無瑕的確比較好——但哈爾卡拉是家人。要求家人完美無缺，根本上就有問題。
「法露法也喜歡冒失又經常凸槌的哈爾卡拉姊姊喔！而且大家都一樣呢！」
看來連大史萊姆也跟著恍然大悟。
「不愧是史萊姆的靈魂凝聚而誕生的妖精，竟然能讓我上一課呢。」
大史萊姆溫柔地微笑。
「今後請繼續愛哈爾卡拉，保護她吧。這才是家人呢。」
「那還用說。」
我一臉得意地回答。
換句話說，只要像以前一樣，正常相處就好。我們可是和睦的家族呢。
「那麼，最後再給亞梓莎妳一個建議吧。」
「建議？」
「我想妳們彼此都心意相通，可是心意難免會有曖昧之處，因此最好適時身體接觸。」

大致上聽懂她的意思了。
「意思說，就像這樣吧？」
我緊緊摟著一旁的萊卡。
看到大史萊姆點點頭，應該沒錯。
家族的羈絆這種話，說出來總有不踏實的感覺，聽起來也空泛。畢竟語言這種事物難免空虛。為了補足這一點，才試著溫馨地彼此接觸。
萊卡就像妹妹一樣，姊姊緊緊抱著心愛的妹妹沒什麼問題。
「亞、亞梓莎大人……」
突如其來的擁抱似乎讓萊卡感到害羞。或許該先告訴她意圖吧，不過這樣可能又會變得尷尬……
以理念為前提的身體接觸，根本就是本末倒置。
我們因為想擁抱彼此，才相互擁抱。
「抱歉喔，如果不願意的話我就放開。」
「不……暫時這樣吧……」
在我看來，害羞的萊卡顯得更可愛。畢竟我的身材也足以扮演姊姊包容她。
「啊～媽媽，接下來也擁抱法露法嘛～！」
蹦蹦跳跳的法露法如此表示。

雖然我之前經常擁抱兩個女兒，但當然要擁抱幾次都可以。

「那麼我，這樣就可以了……」

滿臉通紅的萊卡主動讓開。客氣謙虛是萊卡的個性。

「那麼接下來換法露法囉。」

「可是，在法露法之前呢。」

法露法拉著夏露夏的手，來到我的面前。

「夏露夏也想讓媽媽抱抱，因此先抱抱夏露夏吧～！」

想不到她這麼關心妹妹，法露法是姊姊的模範呢。

夏露夏雖然一句話也沒說，卻微微點點頭，表示同意。

「好～那就輪流來到媽媽這裡吧。」

只見夏露夏戰戰兢兢上前。不知是否心理作用，我蹲下去伸出手來。

與女兒也生活了一段滿長時間，摟住兩人時，漸漸分得出夏露夏與法露法的差別。

當然，這不是什麼分析成分那一套。但會溫柔鑽進我懷裡的是夏露夏，緊緊摟住會感到開心的則是法露法。原因肯定在於兩人的個性不一樣。

夏露夏閉起眼睛，靜靜靠在我的身上。

彷彿在傾聽我的心跳聲。

「媽媽，謝謝妳。」

聲音沉穩地開口後，夏露夏的視線望向法露法。大概是示意交換吧，大史萊姆也以溫暖的視線凝視我的兩個女兒。

「最喜歡媽媽了！」

法露法飛撲到我的懷裡。

等級九十九的我穩穩接住她。這是她率直無隱的愛情表現。

「我也最喜歡了呢！」

這麼一來，除了睡著的哈爾卡拉以外，所有人都抱緊了呢——我如此心想的同時，哈爾卡拉坐起身，視線筆直望著我。

「師傅大人，我也可以抱抱嗎!?」

雖然與哈爾卡拉擁抱，會有一種與成熟姊姊擁抱的感覺，產生不同於其他人的害羞感，但現在可不能厚此薄彼。

「好，哈爾卡拉也來吧。」

「非常感謝您！」

我跟著朝哈爾卡拉伸出手。

隨即傳來與剛才明顯不同的觸感。

這是，胸部吧……

彈力適中，卻緊緊貼著我的身體……不久之前好像才感覺過類似的事物……

對了，是大史萊姆！大史萊姆的彈力與哈爾卡拉的胸部幾乎相同！

「大史萊姆的身上好像軟墊，但依然有反彈法露法等人的力道，真的好舒服呢。」

一旁的法露法與大史萊姆聊天。

沒錯，哈爾卡拉的胸部彷彿也有不可思議的安詳感。心情就像回到孩提時代一般……

「呵呵呵，總覺得現在的師傅毫無防備，真可愛呢～」

雖然想說徒弟怎麼能誇讚師傅可愛，但的確舒服到整個人主動靠在她身上。

糟糕，意識好像開始混濁了。

再這樣下去會沒辦法離開哈爾卡拉回神……

「哎呀，怎麼連我也想睡了……」

哈爾卡拉也說出類似的感想。可是妳不是睡到剛剛才醒來嗎？

「亞梓莎大人！這附近似乎瀰漫著類似毒氣的物質！」

萊卡說完後，迅速摀住嘴。

「咦？毒氣？」

「啊……不好意思……這座森林偶爾會噴出相當強烈的氣體……對史萊姆無害，但對人類可能多少有些副作用……」

© Benio

現在才想起來的大史萊姆說。
「該不會不只是讓人想睡覺，而是無法維持意識清醒!?」
難怪森林裡沒有人類，因為這根本不是人類該進來的地方。
「萊卡，快變成龍！」
「亞梓莎大人，得穿上鞋子才行！」
「媽媽，哈爾卡拉小姐快睡著了喔！」
「絕對別讓她睡著！」
我們騎上化為龍型態的萊卡，急忙脫離森林……
下次來的時候，得小心停留時間……

完

後記

這次非常感謝購買《狩獵史萊姆三百年～》以下省略的各位讀者！（本後記為已經購買本書的讀者為前提）

本書為原本是社畜的女孩成為開金手指的魔女，偶爾與敵人戰鬥，與其他有趣設定的對象過著悠哉慢活的故事。

本書為作者森田在小說投稿網站「成為小說家吧」的積分首次登上當日第一名的作品。換句話說，本作品是當天獲得最多分數的小說。

由於投稿後在很短的期間內就榮獲第一名，一開始還不知道究竟發生了什麼事。原本還真的懷疑自己在作夢。

故事本身幾乎在進展之前，就獲得讀者不少評價，因此猜想是『狩獵史萊姆三百年～』獲得不少反響吧。

雖然沒什麼值得一提的創作祕聞，但畢竟是後記，還是提一些。

某一個晴天，我走在住家附近，就在抵達十字路口前，腦海裡突然浮現「狩獵史萊姆三百年」這句話。

以這句話為標題，或許可以吸引目光吧，因此開始執筆。

就這樣。

其實若寫成由史萊姆妖精娓娓道來的故事也不錯，但聽起來缺乏神祕的體驗。

只不過正好在垃圾場的一旁靈光一現，或許是垃圾妖精在背後推了一把吧。雖然不太想見到垃圾妖精……

今後如果遇到沒帶傘卻下雨，或是和別人約好卻快要遲到，以及煮了咖哩卻忘記煮飯之類的危機，我應該會像咒語一樣詠唱「狩獵史萊姆三百年！」吧。

拜此所賜，沒有停留在小品點子的階段，獲得許多讀者的評價，才有機會出版成冊，真的非常感謝！

既然是後記，稍微提一下本作品背後的主題。

一言以蔽之，就是「工作過度不是好事」。

作者森田以前也見過好幾次因為工作過度，呈現某種走火入魔狀態的人。

幸好身邊並沒有真的因過勞而死的人，不過卻有人因操勞過度而導致生病。

由於有此經驗，念書時期也挑選會改善工作環境的公司面試。

當然，完全不工作的糟糕例子也有不少，也見過真的有人這樣，因此結論就是——

能營造職員能適度工作的環境，才是最快樂的。而如果能實際感受工作內容是為了他人，應該會更快樂吧。這些想法讓我完成了這部作品。

不用說，本書當然是虛構的，現實中走在路上也不會出現史萊姆。但我不時覺得，適度狩獵史萊姆，適度調配藥物販售維持生計，過著像阿梓莎這樣的生活也不錯。

寫得有點瑣碎了，不過本書是描寫狩獵太多史萊姆，能力強得像開金手指一樣的女孩，因此希望各位讀者能盡可能放輕鬆閱讀本作！

能躲進被窩裡看，或是打著呵欠看都好。就當作是恢復體力的道具吧。如果看著看著覺得太有趣了，完全睡不著的話，就是身為作者的幸福了。

最後是致謝詞。

擔任本作插圖的紅緒老師，真的非常感謝！

透過插圖可以清楚感受到亞梓莎一家的悠哉悠哉氣氛！連我都想在這種高原之家慵懶度日呢！尤其是法露法與夏露夏姊妹實在太可愛了，有犯罪的可能性呢……雖然本人是男性，但激起了母性本能喔。還有，也想和（外表看起來）成熟的哈爾卡拉與別西卜一邊喝酒，一邊發著牢騷呢。

此外購買本書的各位，提供支援的各方人士，給各位三百隻史萊姆分量的謝詞！多虧各位的支持，亞梓莎等人才能過著慢活，這麼說一點也不為過！

那麼如果有下一次的話，就下一次再見囉！

等一下我要出門，會再次經過想起本書標題的垃圾場旁。

森田季節

© Benio

浮文字

持續狩獵史萊姆三百年，不知不覺就練到LV MAX（01）

（原名：スライム倒して300年、知らないうちにレベルMAXになってました）

作者／森田季節　封面插畫／紅緒　譯者／陳冠安
發行人／黃鎮隆　總經理／陳君平
經理／洪琇菁　國際版權／黃令歡
執行編輯／呂尚燁　美術編輯／李政儀
企劃宣傳／邱小祐
出版／城邦文化事業股份有限公司　尖端出版
台北市中山區民生東路二段一四一號十樓
電話：（〇二）二五〇〇七六〇〇　傳真：（〇二）二五〇〇二六八三
E-mail：7novels@mail2.spp.com.tw
發行／英屬蓋曼群島商家庭傳媒股份有限公司城邦分公司　尖端出版
台北市中山區民生東路二段一四一號十樓
電話：（〇二）二五〇〇—七六〇〇（代表號）
傳真：（〇二）二五〇〇—一九七九
中部以北經銷／楨彥有限公司
電話：（〇二）八九一九—三三六九
傳真：（〇二）八九一四—五五二四
雲嘉經銷／智豐圖書股份有限公司　嘉義公司
電話：（〇五）二三三—三八五二
傳真：（〇五）二三三—三八六三
南部經銷／智豐圖書股份有限公司　高雄公司
電話：（〇七）三七三—〇〇七九
傳真：（〇七）三七三—〇〇八七
一代匯集／香港九龍旺角塘尾道六十四號龍駒企業大廈十樓B&D室
電話：（八五二）二七八三—八一〇二
傳真：（八五二）二七八二—一五二九
馬新總經銷／城邦（馬新）出版集團　Cite(M)Sdn.Bhd.
E-mail：Cite@cite.com.my
法律顧問／王子文律師　元禾法律事務所
台北市羅斯福路三段三十七號十五樓
二〇一八年七月一版一刷
二〇二一年六月一版五刷

■中文版■

郵購注意事項：
1. 填妥劃撥單資料：帳號：50003021戶名：英屬蓋曼群島商家庭傳媒(股)公司城邦分公司。2. 通信欄內註明訂購書名與冊數。3. 劃撥金額低於500元，請加附掛號郵資50元。如劃撥日起 10～14日，仍未收到書時，請洽劃撥組。劃撥專線TEL：(03) 312-4212 ・ FAX：(03) 322-4621。E-mail：marketing@spp.com.tw

國家圖書館出版品預行編目資料

持續狩獵史萊姆三百年，不知不覺就練到LV MAX(01) /
森田季節著 ； 陳冠安 譯.--1版.
--臺北市：尖端出版，2018.07　面 ； 公分.--(浮文字)
譯自:スライム倒して300年、
知らないうちにレベルMAXになってました
ISBN 978-957-10-8098-7(第1冊：平裝)

861.57　　107003535